幸せ地蔵尊
不動
不動
幸せ
幸せ地蔵尊
蔵尊

當失戀的我、遇上尼采

原田 MARIRU
Mariru Harada

卓惠娟 ———— 譯

ニーチェが京都にやってきて
17歳の私に哲学のこと教えてくれた

目錄

CONTENTS

序章

PREFACE

「江河流水，滔滔不絕，唯後浪已不復為前浪。」是出自《方丈記[1]》中的文字，但其實和古希臘哲學家赫拉克利特的思想異曲同工……

老師說到這裡，轉過身去開始寫板書。鴉雀無聲的教室只有粉筆在黑板上摩擦發出的聲響。和煦的春風吹拂著窗簾，引人昏昏欲睡。第六節的倫理學，真是無聊到了極點。我低頭佯裝認真看著教科書，偷偷從桌下拿出手機。

今天我整個人有氣無力。更正確地說，是沮喪到了極點。自從昨天我親眼目睹了那個情景之後，就一直提不起勁來。

1 日本中世文學代表的隨筆。鎌倉時代的文學作品，作者為鴨長明。

我很喜歡一個男生。他就讀立命館大學，偶然來參加我們高中校慶認識的。昨天我看到他和一個很漂亮的女生，很親暱地手牽手走在街上。跟他牽手走在一起的，竟然是我之前田徑社團的由美子學姊！

我和他的交情變得親密才半年左右，但是大約一個月前他突然失聯了。雖然我們沒有正式對外公開「彼此是男女朋友」，但是下課之後經常一起吃飯，假日也會享受兩人的甜蜜時光。

自從一個月之前，他邀請我「去他家玩」，我拒絕之後，他的態度就有了一百八十度的轉變。跟他聯絡只會得到「我很忙」的回覆，後來，連「我很忙」都變成已讀不回，簡直就像刻意躲著我一樣。雖然我覺悟到他不會回，卻又單方面不死心的一直傳訊息給他，結果更讓我心力交瘁。

剛開始他沒有回我訊息，我還勉強編造讓自己接受的理由，「他一定是忙到沒時間回」，設法往好的一面去想，或是假裝若無其事寄給他某個新聞、留一些讓他好回答的訊息，然而不論我多麼費盡心思，面對徹底被無視的現實，我的努力終於到了極限。

講白了，對他來說，我只不過是一個「這傢伙應該可以陪我玩玩」的對象。

如果同樣的事發生在別人身上，我的理性或許可以毫不留情地判斷：「八成被玩弄了啦」，然而，一旦輪到自己站在被玩弄的立場，我就是無法承認這個事實。

但是昨天我在路上撞見宛如天造地設的兩人，完全沒有空間可以趁隙而入的悲慘現實，徹底打擊了我。我應該主動退出，祝福由美子學姊的心情、希望兩個人最好分手的心情，在我內心交戰著。

對於沒器量、卑劣的自己，不免有一股自我嫌惡感油然而生。無法釐清的混濁情緒，在我的胸口不斷迴旋。今天，我根本打不起精神，完全無心聽課。

當我這麼想著，隨意滑看推特訊息，有一句話驀然地映入我的眼簾。

「不想祝福者，則當學習詛咒[2]——尼采。」

這則推特訊息，是我追蹤的推特機器人發出的「戀愛激勵名言集★」。

可能有Fu的人很多，這一篇居然有一千次轉推。

2 出自《查拉圖斯特拉如是說》卷三〈日出之前〉。

尼采[3]？我記得他好像是知名的哲學家還是什麼家的，我應該有在倫理學課聽過他的樣子。

話說回來，「不想祝福者，則當學習詛咒。」這句話也太直白了吧，要是身邊有這種一針見血說出這句話的朋友，或許我就不會這麼沮喪了。我這麼想著，把擊中我的這句話，點下收藏。

我為眼前的悲慘現實感到傷心，卻無心向朋友傾訴。

或許這跟我想藉著高中入學的機會，下定決心和家人分開生活有關。從那時開始，我就覺悟到，「自己的事，自行解決。」不過在這之前，我本來就不擅長處理同性的友誼。女生的友誼關係，有九成都只是表面工夫。

「好可憐喔，要打起精神喲！」雖然女生朋友會這麼鼓勵我，但總覺得是表面同情。

痛苦的時候，雖然希望有人聽我傾訴。但是，我也不知道怎麼面對那些用同情安慰我的人。

就算接受同情也於事無補，到頭來還是得自己承受。接受他人的同情，除了讓我真摯的哀傷變得廉價之外，便一無是處了。既然這樣，還不如保持沉默，獨自默默承受就好了。

我總是用這個方式和悲傷相處。倘若要我接受廉價的同情，倒不如嚴厲、直言不諱說出真心話的朋友。要是有這種朋友，或許我會更堅強。雖然這麼想，或許是我自己也沒有對別人推心置腹，所以結交不到沒有防備心的朋友。

然而，我不經意看到尼采這句名言，正是我企盼聽到單刀直入的話。如果老師上倫理學的時候，不要只解析艱澀難懂的英文，而是多講一些激勵我們的勵志故事就好了。這樣的話，我應該會更喜歡倫理學，或是課本中出現的歷史偉人。

我望著同學的背影，從窗邊後方的座位往黑板看過去，在春風忙著撩亂櫻花之際，一味沉浸在自己的思考裡。「不想祝福者，則當學習詛咒。」這句話雖然有點直率，又若無其事讓我悲慘的失戀變得微不足道，真是不可思議的一句話。

我在心中反覆唸了好幾次，突然想到一件事。對了，或許去好久以前就想去的那個地方，好像也不錯，說不定可以把學長斷得乾乾淨淨。

3 Friedrich Wilhelm Nietzsche（一八四四～一九〇〇），德國哲學家，對於存在主義與後現代主義，有極大的影響力。

好奇心一旦萌芽，就急速地茁壯起來，突然浮現的想法因為好奇心，立刻轉變為決心。我的腦子裡充滿的都是下課鐘一響，就立刻要去實踐剛剛浮現在我腦海的念頭。有了放學之後稍微期待的事，我就迫不及待等著下課鐘響。窗外一片春色，這個交織著別離與邂逅的季節，讓人的心裡隱隱懷著某種期盼。

從學校步行過去大約十五分鐘，被稱為「斷緣神社」的能量景點，總是熱熱鬧鬧擠滿了看似懷著別有隱情的女性，雖然今天是春風拂面的晴朗好天氣，但是只有這個角落，帶著一股沉甸甸、化不開的灰色空氣。

神社到處懸掛的繪馬上寫著：「神啊！請保佑我老公離開小三」、「希望主管被降職」，完全讓人聯想到午間連續劇會出現的黏膩愛恨情節的願望。

這裡是京都祇園附近的「安井金比羅宮」，一般人稱為斷緣神社。

雖然只是一間小小的神社，近年來這間神社因為電視、雜誌報導「能量景點」特輯，造成女性觀光客絡繹不絕。

一般能量景點都是「祈求良緣」、「增強財運」等等，祈求好運勢的場所，但是這間斷緣神社，有點不同。

一如神社的名稱，這裡是以「斷惡緣、結善緣」而聞名的能量景點。而且，不光是戀愛，也是實現「拋開過往，迎接全新自我」轉念的能量景點。連神社販售的「遇見嶄新的自我」御守，也大受歡迎。

雖然我平時不太相信超自然現象，也不迷信，然而心中反覆唸著尼采這句，「不想祝福者，則當學詛咒」時，忽然就想到這間神社。或許這就是直覺。我心想，若是因此能讓抑鬱的心情煙消雲散也好，便想要趕快祈願。

斷緣神社的祈願方式有點特別，你要先在心中默唸祈願的事情，然後再鑽過一個有大洞口的岩石的奇特儀式。

我按著祈願順序，在心中默唸心願，然後鑽過岩石大洞。

但願鬱悶的心情煙消雲散，結下新的善緣！

然後，轉換心情，迎接一個嶄新的自己！

穿過大洞，站起來之後，我發現裙子被濕漉漉的砂子弄髒了。

「糟了，接下來要打工……啊，時間竟然這麼晚了！」

我拍掉砂子，急忙往公車站走去。搭公車到打工地點大約要二十分鐘。我打工的地方位在哲學之道旁，是一家賣醬菜、生八橋等土產的老店。我快步跑了起來生怕遲到了，就在心裡一面在意著裙子上的汙漬、打工的時間，以及有點痛的膝蓋當中，急急忙忙地跑向了公車站牌。

這時的我怎麼也沒想到，之後在我身上竟然發生了很不可思議的事情。當下的我，只是氣喘吁吁地跑過狹窄的步道，小心翼翼地避免肩膀撞到熙來攘往的觀光客。

1／不想祝福者，則當學習詛咒

「我是尼采。我是特地來見妳的。」

站在眼前擋住我去路的美男，確實是這麼說的。

當時已經是晚上九點。我打完工、穿過哲學之道，正走向公車站牌的途中，有個男人突然從椅子上站起來，然後擋在我的面前。

男人的頭髮看不出來是燙過還是自然捲，留著一頭很自然的黑捲髮。長長的瀏海，遮住了黑框眼鏡之後的雙眼。以日本人來說，他的輪廓很深。

身高看樣子大概有一百七十公分吧？他穿著綠色法蘭絨方格紋襯衫，下擺塞進丹寧褲，繫著吊帶，背著旅行袋，腳上穿著一雙老舊的皮鞋。

這個穿著看似知識宅的可疑男子，在我打完工正要往公車站的路上，突然擋在我的面前，對我說：「我是尼采。」

「抱歉？你是不是認錯人了？」

「不，我沒認錯人。妳說，妳想迎接一個嶄新的自我，希望和我碰面，所以我才出現在妳面前。」

「咦？怎麼回事？我不知道……」

「妳今天不是到斷緣神社許願說，希望迎接嶄新的自己嗎？所以我來幫妳了。我是哲學家尼采。」

這個看似知識宅的男人，竟然從斷緣神社一路跟蹤我到這裡？我一面思索，一面回想著今天的確思考過有關尼采的事情。在沒有完全放下警戒心的情況下，我決定還是稍微聽聽看男子要說什麼再說。

「請問，現在是怎麼一回事？」

「哼！明明是來幫妳的，竟然把我當作變態，真沒禮貌。我從剛剛就跟妳說很多次了，我是尼采。因為妳在斷緣神社許願，我才來到現代幫助妳。」

男人說著，向我伸出了右手。

我警戒著不要被他硬拉過去，小心翼翼地只用手指跟他握手。

「抱歉，我很怕超自然現象或都市傳說，最多只能接受共濟會之類的，你說的事，我實在無法相信……」

「是喔？」

男子低下頭，以食指捲著長長的瀏海。

可能是陷入沉思的緣故，他的目光看起來很嚇人，男子不斷地用手捲著瀏海，然後他似乎突然靈機一動，放開頭髮說話了。

「妳不需要完全相信我，我只是來協助妳成為嶄新的自己，所以出現在妳面前。」

「你說，實現我的心願……」

「妳今天不是在斷緣神社許願嗎？妳說，希望斷惡緣、結善緣。還有讓過去的自己轉變成嶄新的自己。我是為了讓妳成為『**超人**[4]』而來到這裡。」

「……你在說什麼？」

哲學之道旁綻開的枝垂櫻，在夜風吹拂下窸窣地蹁躚飛舞。除了偶爾腳邊踩到櫻花

4 德文為「ubermensch」，英文一般譯為「superman」或「overman」。

發出的細微聲響之外，四下一片闃靜，悄然無聲，時間彷彿靜止了。

男子看著我，宛若要打破這片寂靜般用力地咳了一聲，然後接著說：「總而言之，偶爾我會來協助像妳這種必須藉由外力來實現心願的人，告訴妳如何在這個沒有絕對事物的世間，成為『超人』堅強地活下去！我就像是，志工。」

「抱歉，我還是搞不懂現在是什麼情況，請先讓我提問一下。你先告訴我，超人？什麼是超人？」

「所謂超人，就是不管任何痛苦或煩惱都能夠承受而堅強地活下去，也就是超越普通的人類。」

「唔，有點懂又沒有懂……你是說，為了幫助我成為超人所以來找我？這和那間神社有什麼關係？為什麼是我？在神社許願的人那麼多……」

「我剛剛不是說過了嗎？因為妳想跟我見面呀，我只會跟祈願說想見我一面的人碰面。說起來，過往那些想跟我見面的，多半是一些個性乖僻的傢伙，不過，妳與其說是乖僻，應該說是無知。哈哈哈哈哈！」

男子說完之後，便大聲地笑了起來。

男子所說的事，既不科學又極度可疑，但是我隱隱約約覺得似乎有一點關聯，或許應該說，也許我的內心其實有點相信會發生神祕的事——搞不好，斷緣神社真的靈驗。

或許是春天這個季節的緣故，讓人心生期待；又或許是失戀讓我的內心感到些許疲倦的緣故，難以置信、不可思議的事情在眼前發生，更加強了我的好奇心，不知道為什麼，此刻我的心裡，或許正期待著，「說不定這是真的。」

「先坐下來吧！」

男子指一指附近的椅子。哲學之道旁設置了一些石椅。

哲學之道是一條細長的碎石路，碎石路旁靜謐地流著稱為疏水的分流渠，它立在疏水及碎石子路的兩側，在枝垂櫻的環繞下形成天然的拱廊。然後，像今天這樣櫻花季即將結束的時候，凋謝的櫻花瓣落在疏水上，宛如鋪了一條粉紅色的地毯。

碎石道上也到處散落著櫻花瓣，彷彿歷經過春天的摧殘。我和尼采拂去了石椅上的花瓣坐了下來，雖然我已經打算聽聽他要說什麼，但是仍然帶著防備心，跟他保持著一般距離。

「要喝點什麼嗎？」

尼采從口袋掏出零錢，朝我遞了過來。

「那邊不是有販賣機嗎？我要熱可可，妳可以買自己想喝的。」

他似乎是希望我去幫他買的意思。

雖然想反問「為什麼要我去」，但是又討厭在莫名奇妙的地方糾結不清，我老大不情願地走到椅子後方的自動販賣機買了奶茶和熱可可。拿在手上有點燙的熱可可遞給了尼采，尼采喃喃自語著：「啊！可可不論什麼時候喝都很美味。」然後打開一口氣就喝光了。我握著奶茶罐暖著手，再次坐回石椅上。

「對了，我還沒問妳的名字。」

嘴邊沾了淺淺一圈可可的尼采問道。

「呃，我的名字？」

「對。」

「我叫亞里莎，兒嶋亞里莎。」

「柯……柯西瑪[5]？」

「不，不是，是兒嶋。怎麼了？」

「沒事，剛好跟我認識的人名字發音很像。」

「那個熟人是女的？」

「呃，對。」

尼采眼神游移不定，快速地眨著眼睛。他的表情很明顯不對勁，應該說很詭異。

「你，該不會和這位叫柯西瑪的女人交往過吧？」

「不，不能說是交往，有點微妙，不是男女朋友關係，要說經常往來嗎？又有點……」

尼采言詞閃爍不想把話說清楚，我也沒有繼續追問下去，但是他動搖的神情，活脫脫就像一個缺乏戀愛經驗的國中男生，被問到心儀對象的模樣。

應該是沒交往過，但是他很喜歡這位叫做柯西瑪的女人吧？他的態度給我這種感覺，就像我對我男友一樣。

「我的事情就不用管了，我是來聽妳的事情，不是嗎？妳不是有煩惱嗎？」

尼采輕咳了一聲，轉移了話題。

「啊，我的事嗎？說是煩惱……其實是很稀鬆平常的事，我可能失戀了。」

5 兒嶋的日文發音是「KOZIMA」，發音近似「COSIMA」（柯西瑪）。柯西瑪是影響尼采哲學觀極大的人，她是華格納第二任妻子。尼采曾將《悲劇的誕生》一書的手稿送給柯西瑪作為生日禮物。

「妳被甩了？」

「不，與其說被甩了，應該說我們根本沒交往過。只不過，我看到他和他女朋友走在一起。」

「原來如此。」

「雖然我應該要祝福喜歡的男生……」

說到這裡，一股不該說出口，負面、而汙濁的醜陋情緒湧了上來。

我嚥下了這股情緒。

「雖然我想祝福他們，但是又覺得很難過。我是應該要祝福他們的，反正內心的情緒很複雜。」

「唔，雖然想祝福他們，卻無法發自內心。」

「嗯，大概就是這個感覺。」

「聽起來很奇妙。先問妳一件事。妳為什麼『想祝福他們』呢？」

「因為我認為身為一個人，不應該怨恨別人，任何事應該都要往正面看，要為別人祝福。」

「要為別人祝福，那麼妳自己的欲望呢？」

「要說我的欲望，說真的，我自己也搞不清楚。我只是覺得這麼做才對。」

我愈想心情愈沉重。

我田徑社團還沒退社前，因為受傷無法參加秋季大會的接力賽。當時，沒有責備我，反而鼓勵我「春季再一起跑」的人，就是由美子學姊。對於這麼照顧我的學姊，我雖然很想祝福她，但是捫心自問，我沒有自信能夠打從心底祝福。對於，我應該感恩回報的由美子學姊抱持著這樣的想法，讓我覺得人類真的很矛盾，也覺得自己很可悲。

雖然無法說出口，但是我的內心交雜著嫉妒、憎恨等等的醜陋情緒，仍然表現在臉上。大腦很清楚，卻無法理性控制，現在也拚命抑制住快要抓狂的情緒。

沒想到尼采這時竟然拍打我的背，大笑了起來，「哈哈哈哈哈，好好笑，妳真的好奇怪！」

「很痛耶！你幹什麼啦！」

「哎呀……對不起，哈哈哈哈哈！」

「哎呀，暫停一下，暫停一下，」尼采一邊說著，「妳剛剛戳中我的笑點了，對不起。」他一邊又嘻嘻嘻笑了一陣子才停下來。這個男人有什麼毛病啊？他這個行為好失禮，根本是沒禮貌到了極點！

「你搞什麼呀？虧我那麼認真地說我的煩惱。」

「哈哈哈……可是，亞里莎。妳只不過是被道德教條拘束了呀？」

「被道德教條拘束？什麼意思？」

「也就是說，妳是被道德束縛了！噗嗤。」

「我聽不懂。」

尼采拚命抑制大笑繼續說道。「妳內在有一個無法祝福他們的『自私的自我』，和認為應該要祝福他們的『無私的自我』。但是，現在妳把『無私的自我』神聖化了。」

「我聽不太懂。把『無私的自我』神聖化是什麼意思？」

「就是說，妳其實是一個『自私』的人。但是，妳又認為妳不應該自私，不，不應該說『認為』，而是『堅信』。也就是說，妳被『不應該自私』的道德束縛了。」

「等等，我也有自私的時候，只是我認為人不應該什麼事都只想到自己，顧慮別人也很重要，不是嗎？」

「沒錯，我也不是說要完全不需要考慮別人。只不過，妳肯定無私的自我，卻否定自私的自我，那是為什麼？」

「哪有為什麼？當然是因為自私的想法是不對的，能夠為別人著想才是好人，不是嗎？」

「這是妳的意見？還是人云亦云的道德想法？」

「我無法很精準地說是哪邊，我學過道德規範，我認為這麼做確實沒錯。」

「那麼，為什麼『為他人著想』和『遵守道德規範』那麼重要？」

「如果不這樣的話，就無法跟別人好好相處了，不是嗎？而且，我也不想變成凡事只考慮自己的那種自私自利的人。」

「換句話說，一切都是為了妳自己。」

「為我自己？才不是，我也有為別人著想啊！」

「不，妳說，不想成為自私自利的人。這是為了滿足自我吧？妳避免採取自私的行為，除了能夠和他人好好相處，也是為了提高個人的自尊心，對吧？換句話說，妳只不過是基於自我滿足，認為『當一個不自私的人』比較好而已。但是，妳又否定『自私的自我』？」

他究竟在胡說什麼！這個臭男人！一個見面才不到幾分鐘的人，披頭就指責我：「妳就承認妳很自私吧」、「妳只不過是自我中心在作祟而已」。這種經驗，我還真的是頭一遭。

就算是認識多年的朋友，也不會說出這麼失禮的話，這個男人卻絲毫不見退縮，連珠砲似地用言詞攻擊我。假如我的好朋友跟我說：「妳有時候很自我中心。」我大概會反省，「是這樣嗎？那我以後會注意一下。」

但是，被一個才認識沒幾分鐘的怪胎開口閉口罵「妳很自私」，我只覺得心裡有一把怒火熊熊燃燒起來了，為了抑制心中的怒火，我先深呼吸一口氣，整理了一下情緒。

「呃，我承認我確實有自私的部分，但是我也認為人不能什麼事都自私自利。」

「放心，亞里莎。我沒有說自私的人不好。不是只有妳，人類都是利己的，是自私的動物。其實我倒認為，應該要對『不自私的我比較好』抱持疑問。」

「什麼意思？」

「人類都是帶著主觀看事情的，任何人都想活得更好，為了活得更舒適，互相競爭而擊敗對方是很自然的事，不需要覺得羞恥，這是非常普通的自然法則。但是，人類卻不顧自然法則，營造出『不應該自私自利』的想法。而我發覺了這個想法不自然的地方。」

「什麼地方不自然？」

「嗯，也就是說，這是思考『如果多數人都認為不應該自私自利，比較方便』的人，製造出來的『無私才健全』的觀念。」

「你的意思是說，自私本來並不是壞事，卻被說成壞事，『不應該自私自利』是製造出來的？」

「就是這樣沒錯。什麼是好、什麼是壞的標準，看起來像有，其實並沒有。以前也曾有過擁護奴隸制度的時代，也有過認為透過戰爭殺戮生命是正確手段的時代。善惡的標準並不是舉世皆然、今昔不變。妳應該也有大家都說好，妳就開始覺得確實還不錯的經驗吧？」

我仰望著夜空，回想著過去是否有類似的經驗。

「嗯，以前有過這樣的經驗。大家都說好，就表示贊同的人很多，所以我也會覺得應該不錯。」

「嗯。具體來說，是什麼狀況呢？比方說，開會時舉手表示贊成，採取少數服從多數，就算不清楚哪一邊比較好，也會不自覺地舉手贊成多數人的那邊，這種嗎？」

「對，我想起來了。校慶決定要擺什麼攤位，好像就是這樣。校慶時，我們班推出了女僕咖啡，我看舉贊成女僕咖啡的人比較多，所以我也跟著舉手了。」

「是嗎？因為沒有個人的堅持，於是產生『大家都舉手了，這個意見或許很好』的錯覺，這是經常發生的狀況。如果以這個例子來說，妳認為，打從心裡覺得『女僕咖啡最棒』的人，有多少呢？」

「有多少？我想確實有幾個男生還滿興奮的……」

「是嗎？也就是說，大多數的意見，可以分成『女僕咖啡最棒』，以及『大家都舉手了，或許很好』這兩類。那麼，認為『大家都舉手了，這個或許很好』的人，假設有其他選擇贊成的人更多，會不會覺得不推出女僕咖啡也可以。不管是偽娘咖啡、還是鬼屋，只要贊成的人數很多就可以。但是，會不會有例外呢？比方說，連身泳裝咖啡絕對不行之類的……」

「那當然不行，推出這個會被警察取締吧！」

「好了，先不開玩笑了，像這樣以多數贊同的意見，反射性認為『正確』的案例並不稀奇。我稱它為『群畜道德[6]』。」

「群畜道德？怎麼聽起來好像在罵那些為公司賣命的人，說人家是社畜。」

「被稱為公司奴才的社畜一樣有這種現象。『既然是大家都可以接受的條件，所以也就沒有什麼好奇怪的。』誤認為『大家都一樣等於好』的時候，即使原本是錯的事情，也會相信它是正確的。不是有人一直待在黑心企業，對公司的條件、出勤狀態沒有任何質疑，甚至還充滿幹勁嗎？這才真是實踐群畜道德的極致。」

「是喔，原來太深信大家都一樣就沒問題，其實很危險。」

「是的，習慣配合周遭的人，會導致思考能力漸漸衰退。『**任何習慣都會讓我們的雙手伶俐，而頭腦笨拙**[7]。』這一句是金句，最好抄下來喔！」

尼采說完，頻頻點著頭瞄了我幾眼，似乎在確認我有沒有抄下來。

「我知道了，這確實是很棒的一句話，我會抄下來。」

我從書包裡拿出倫理學筆記，把這句話抄在筆記後面的名言欄。

「還有，人類時常會將自己的行為合理化，妳有過這種經驗嗎？」

「合理化？具體來說是什麼樣的情況呢？」

---

6 尼采對於群畜道德的特性，主要闡述見於《權力意志》一書。

7 出自《歡悅的智慧》。

「比方說，看來是沒有機會得到想要的東西了，這時就會說一些：『比起那個，其他東西更重要。』原本是內心渴望的東西卻故意貶低價值，或是把它視為不好的東西。童話中的『酸葡萄』也有提到喔。」

「酸葡萄？我沒聽過。」

「亞里莎，妳連酸葡萄都沒聽過，平常妳到底都在讀什麼？手機小說？還是西野加奈[8]的歌詞？」

「不，我沒看你說的……酸葡萄究竟是講什麼？」

「酸葡萄的故事是：有一隻狐狸想摘下結在高高樹上的葡萄，牠跳躍了好幾次，怎麼樣也摘不到，於是狐狸只好放棄。但是牠不甘心地說：『反正那個葡萄一定是酸的，很難吃，我才不想吃呢！』」

「哇！這隻狐狸的個性也太好強了吧！」

「反正就是這麼一回事。即使沒有表現得這麼明顯，得不到想要的東西，或是看樣子沒機會到手，就會自我安慰說：『我才不想要呢！』這就是合理化自己的行為。」

「原來如此。我打工的地方有個後輩，是一個男生，他總是說：『我對三次元的女生才沒興趣呢。』那個男生很喜歡動漫裡的二次元美少女，總是堅持『我對現實中的女生真的完全沒興趣』。不過，只要有可愛的女顧客跟他說話，他的耳朵就紅通通的。」

「是嗎？嗯，有些人是有戀物癖，所以倒也不能一口咬定。不過，妳說的那個男生，確實很有可能是在逞強。想要卻得不到，所以說出違心之論堅持說不想要，或是故意貶低物品的價值。」

「故意貶低物品的價值，又是什麼意思？」

「用權威或金錢為例，妳應該就很容易瞭解了。渴望權威或金錢，看似無法到手。這時，人們會如何合理化自己的思考呢？比方說，故意貶低有錢人，『這個世界上有比金錢更有價值的東西，盲目追求金錢的人很愚蠢，不要過度追求金錢的生存方式才是對的！』」

「的確是……」

「追求金錢的人是『自私的人』，所以追求比金錢更重要的事物，才是『無私的人』，用這麼做才正確來自我安慰。他們不想承認自己的人生沒有價值。其實是因為在

8 日本現代流行樂女歌手。

現實中缺乏有價值的金錢和權威。因此，拚命從能夠到手的事物中翻找出價值，說它才是好的。」

「嗯。我瞭解你想說的，可是如果不是金錢，比方說有些人追求的是家人之間的感情，或是為了夢想而活，難道這也錯了嗎？」

「這沒有錯。我說的是，採取譏諷的態度，貶低可能無法到手的東西，以『憤濾[9]』觀點，把『並非本我的自我』神聖化，闡述成道德性的說詞。」

尼采說得眉飛色舞，接二連三地出現我聽不懂的詞彙。

「等等，憤濾觀點是什麼？」

「抱著憤濾觀點的人，就是嫉妒強者的弱者。不論是沒錢的窮人，還是不受歡迎的人。T.M.Revolution[10]不是有一首歌是這麼唱的嗎？『既沒錢、也沒才能、一味哭窮也不是辦法。』妳想像一下，那種沒錢、沒能力、只會採取嘲諷態度的人，就對了。憤濾的人自我安慰『只追逐金錢不是好事』，但是內心渴望大富大貴。嘴巴上說，『不需要出人頭地也無所謂，只要工作開心就好！』其實受主管肯定的時候，開心得手舞足蹈。因為害怕被嚴苛的現實擊垮，或是受到傷害，便自欺欺人地說：『這樣就好了，沒有錢也無所謂，沒有出人頭地也沒關係，維持現狀就好了。』來自我安慰。他們不是發自內心說，『這就是我要』！反而拚命說服自己『這樣就好了』。所以也可以說，這是一種禁欲的生活方式。」

「換句話說，是達觀的人？達觀世代[11]？」

「與其說達觀，不如說雖然有欲望，卻自我催眠『無欲』比較好，選擇忍耐著活下去的一群人。深信『追求金錢或成功的心態』很骯髒，不是好事，於是扼殺欲望，強迫自己滿足於『即使沒有金錢或成功，仍然很努力的自己』，相信一般人認為好的事物，就是理所當然的事，不會懷疑，人云亦云。把『追求金錢或成功、強者、利己的事情』視為惡，標榜『不執著於金錢、弱者、無私』才是善，這就是出於憤懣心態的想法。」

「弱者才是善，這是什麼意思？」

9 ressentiment，尼采創用的哲學用語。意思是弱者不及強者，因此充滿復仇的欲望，此時所產生的情緒，就稱為憤懣。

10 常縮寫為「T.M.R」，是日本歌手西川貴教的個人樂團。樂曲多數為電子搖滾曲風。

11 二〇一三年入選日本流行語大賞的新詞彙。指對未來不表樂觀而採取一種對未來已經看破，採取保守態度的日本人。

「嗯，我再進一步說明，妳等我一下。」

尼采說著，從他的背包翻找了一陣子，然後掏出一本筆記。

「弱者才是善，究竟是怎麼一回事，妳不妨參考這裡列出的說明。」

尼采遞給我的筆記本上，並排地寫著幾個詞彙。

膽小的卑劣↓謙虛

無法報復的無力感↓善良

弱者息事寧人主義↓忍耐

原來如此，就像詞藻修飾，或者可以說就像是婚禮上的演講，委婉的修辭。

「新郎的個性灰暗到了極點，從學生時期，就是一個只能結交網友的遜咖……」這種話，婚禮上大概沒有人說得出口，於是就委婉地換個說法，「新郎是一個深謀遠慮，個性冷靜、獨立自主的人。」

我把筆記本還給尼采。

「就像在婚禮上只說新人好話這種嗎？」我問他。

「算是吧！這種情況，就是美化『弱者』。以巧妙的言詞粉飾，沒有明目張膽地表露欲望的弱者，才是良善的、是一種美德。」

「唔，可是，這麼做到底哪裡錯了呢？」

「妳想想看，亞里莎。人類基於對生存的執著，所以努力成為強者。把壞事、很遜的事、弱者的行為、非利己的事都視為善，這種風潮是基於『奴隸道德[12]』在作祟。」

「奴隸道德？」

「是的。打個比方，人類是利己的生物，但是一味地否定自己利己是壞人，結果會發生什麼事呢？」

「唔，可能會覺得不可以太拚命，或者說太拚命反而顯得很遜？」

「是的，人們會否定執著生存的心情，否定本身的欲求。『滿腦子想著這些利己的行為，我真差勁。』或是告訴自己『不應該有野心』等等。但是，人類會有利己的心態是天經地義的。『想要活下去』的欲望，是所有生物與生俱來的本能。不需要被教導，人

12 「Sklaven-Moral」一詞，相對於「主人道德」（Herrenmoral），出自尼采《善惡的彼岸》一書。

類一出生就會呼吸，想要喝奶，這是本能，沒有必要被道德牽著鼻子走，進而否定生存或者自我。」

確實，就像尼采說的，雖然沒有特別去意識這件事，但是我確實認為自我本位的想法是一件很羞恥的行為。雖然我一直都覺得「不能不為他人設想」，或許這不是我個人的意見，只是把別人教我的道德觀念照單全收罷了。

令我意外的是，這麼一想，我的想法幾乎都是從別人那裡原封不動搬過來的。

「原來如此，深信『自私的自我』是不好的，否定非利己的思考，或許都是因為受到道德的擺布？」

「沒錯，意圖否定『自私的自我』，這種心態追根究柢就是『自私是惡行』的成見在作祟。說得稍微偏激一點，就是被他人洗腦而根深蒂固的道德觀。就連『道德是正確的』這樣的前提，都應該抱持懷疑。不要只是乖乖順從，必須試著去思考。試著去懷疑，甚至有時試著去對抗。若是受到道德支配，連生存的欲望都蕩然無存，就失去意義了。我並不是要妳一味地反抗道德，甚至涉足犯罪。重要的是，不要把他人說的話照單全收，試著去懷疑，以自己的想法重新思考看看。」

尼采說到這裡，露出心滿意足的神情，抬頭凝視著夜空，「妳沒有我想像中那麼笨，真的是太好了。剛見到妳的時候，我心想，這傢伙真糟糕，我根本束手無策呀。」尼采喃喃自語說著失禮到極點的話。周遭夜涼如水，我的大腿趾到石椅，冷峭的寒意隨之滲透到骨髓。

不知不覺在心裡視為理所當然的「道德心」。分明應當是別人灌輸的道德觀念，曾幾何時，我已深信不疑，誤以為那就是自己的意見。這麼一想，究竟哪些是他人的想法，哪些才是我的意見呢？我一面這麼想著，一面把剩餘已涼掉而變得更甜的奶茶一飲而盡。

尼采坐在我旁邊，似乎又在思索著什麼事情，再度以食指捲著瀏海，然後一下子又放開了。「對了，亞里莎，最後……教妳一個積極的觀念：**『不想祝福者，則當學習詛咒。』**」

「詛……詛咒？」

「沒錯。無法祝福對方，也不需要因為無法祝福而感到可恥，否認自己的心情。乾脆徹底地詛咒對方。有時，要像黑武士達斯•維達那樣，寧可墮落到原力的黑暗面，也不蒙蔽自己的本心活下去[13]。」尼采目光直視著我這麼說。

這句話正是我今天在推特上看到，激勵我的那句話，一字不差。

詛咒……雖然做到這種程度有點誇張，但是尼采若無其事地說出的這句激烈的言詞，卻讓我的心情輕鬆了不少。因為這句話而心情放輕鬆的我，或許很差勁，但是原本滿腦子把道德觀念照單全收的我開始覺得，尼采說的這句話，充滿積極正面的思維。

然後我發現，原本坐在石椅角落的我，竟然在不知不覺移動了位置，因為專心聽尼采說話，我的姿勢就像《小拳王》中的矢吹丈[14]，上半身整個往前傾。

「亞里莎，夜已經深了，趁現在沒人經過這裡。怎麼樣，要不要去那棵樹釘釘子、下詛咒？」

「什麼？你說詛咒是當真的嗎？」

「是啊。如果妳不喜歡釘釘子，五条那裡好像有鐵輪井戶[15]喔。據說，只要讓對方喝下井水，就能讓對方分手。不過，現在好像只需要自己帶保特瓶的水，祈禱後把水給對方喝就行了。」

「這也太恐怖了吧！我才不做這種事！」

不知道他是開玩笑還是認真的，尼采逕自提供各種詛咒的建議。我問他，為什麼一直建議我詛咒對方。「妳不惜偽裝自己，到底想成為什麼樣的人？」尼采滿不在乎地回答我。

「那麼，也差不多該回家了？我們下次再碰面吧！亞里莎，為了讓無知的妳成為一個能夠堅強活下去的超人，我還會再來教妳哲學。」暢談了一會兒之後，尼采突然站起來這麼說。

「咦？回家？你要回哪裡？回神社嗎？」

「妳在說什麼夢話？當然是回山上……我是很想這麼說啦。不過，我在現代世界的這段期間，暫住的家從這條路一直走下去就到了。」尼采說著，指了指哲學之道盡頭的方向。

13 原力，是電影《星際大戰》中虛構的一種超自然、無所不在的神祕力量。故事中，根據預言，黑武士達斯·維達原本應該是將為原力帶來平衡的絕地武士，但是他卻墮入原力的黑暗面，服侍邪惡的銀河帝國。

14 由梶原一騎原作、千葉徹彌所繪的拳擊漫畫。至今仍是日本漫畫史上最具代表性的名作之一。故事主角名為矢吹丈。

15 傳說平安時代，一位被拋棄的女子頭戴鐵環（鐵輪），夜訪神社進行巫術，卻被陰陽師安倍晴明發現，最後在神社旁投井身亡。當地人建神社供奉，遂成為斬斷孽緣的祈願地。

「是喔？總覺得一下子發生太多事，腦子還有些混亂。原來你也和一般人一樣住在京都生活。」

「反正，待在現代世界的期間，暫時借住一下。」

「暫時借住的意思，是指有一天你會消失嗎？」

「雖然我遲早會消失，不過也是將來某一天的事，反正不是現在，不用擔心。在消失以前，我必須先教會妳成為『超人』的技巧。」尼采說完這句話，朝我伸出右手。有一瞬間我遲疑了，但是也伸出右手，和尼采握了握手。

「雖然還是覺得很不可思議，但是今天謝謝你。你剛剛說，要讓我變成超人，我聽不太懂，那是什麼意思呢？」

「嗯。說來話長，下次碰面我再仔細解釋吧！簡單說就是，**鍛鍊出無論怎麼不合理都不認輸的堅強毅力**。所謂的絕對，只是一種虛幻。在沒有絕對事物的世間，妳要鍛鍊自己成為一個能夠堅強活下去的人。那麼，再見了。我很快就會再來找妳。」

「咦？很快是什麼時候？我完全不知道你的聯絡方式耶。」

「妳不需要擔心。反正我答應妳，一定會主動來找妳，這件事絕對不會變，那麼再見囉。」

尼采說完，便轉身朝哲學之道的方向走去。一時半刻間發生的這些事讓我措手不及，我只是茫然地目送著尼采漸漸隱沒的背影。在昏暗的街燈中，夜風氣勢驚人地翻攪著雲層。

今天所發生的事，仍然讓我有點難以置信，就好像一場夢境，不可思議的心情虛虛浮浮地圍繞著我。然而，我的心情確實比遇見尼采以前，稍微輕鬆了些。**哲學，原來不是讓人頭痛的學問，而是讓心情變得輕鬆的道理？**

我一邊這麼想著，一邊回想著今天發生的種種，就這樣一路走到公車站。在澄淨的空氣中，腳上的樂福鞋踩著碎石路的聲音，靜靜地在夜裡響起，彷彿提醒著我注意腳步般，在我一步一步邁出去之際，在腳邊發出聲響。

“

不想祝福者，
則當學習詛咒。

——尼采

”

2／將人生置於險境

雖然觀光旺季已經告一段落，我打工的那間土產店今天仍然熱鬧非凡。

據老闆娘說，美國著名的旅遊雜誌《*Travel + Leisure*》調查，讀者最想旅行的城市，京都排名世界第一。可能受到影響，背著大背包的外國觀光客身影明顯增多。

我不會說英文，當對方要求我說明商品的時候，總覺得很傷腦筋，勉強用國中英文的程度解釋，「這、是、日本的、醬菜！」、「這、是、忍者的、武器！」（配合手拿著劍玩具）總算可以勉強過關，雖說都是自己的判斷。我不知道是否確實傳達給對方了，但每當我說明之後，對方會發出「Cool」、「Amazing」等等反應，我就覺得目前應該還勉強不成問題。

今天也和往常一樣，面對外國觀光客或修學旅行[16]的學生，介紹醬菜、推薦試吃生八橋[17]，我在熱鬧的店裡前後穿梭個不停。

我時常想起三天前發生的奇妙偶遇，和尼采初次碰面的那天，回家之後我立刻上網查詢尼采的生平。

尼采是生於十九世紀德國的一位哲學家。雖然他出生於家境優渥的牧師家庭，但是年幼時，父親就離開人世了，後來一直在母親、妹妹、伯母等女性的環繞下長大。尼采年紀輕輕就成為大學教授，他的才能極受肯定，可是晚年卻一再出現發瘋的行徑，最後就此結束一生。

出現在我面前的尼采，和網路上的照片判若兩人，只有隱約幾分相似。或許是因為我看到的尼采，以日本人的臉型來說，輪廓相當深的緣故吧！我想著這些事，注視著一邊不斷按下快門拍照，一邊試吃醬菜的外國觀光客。門口忽然傳來有人叫我的聲音。

「兒嶋同學，有客人找妳。」看樣子是老闆娘叫我。

「好！請稍等一下，我立刻就過去。」

我重新捲好打工穿的浴衣袖子，走向門口。

「兒嶋同學，妳的朋友來了喲。麻煩妳了。」

老闆娘一臉詭異地笑著，用手肘撞了我一下，就走進店裡去了。怎麼回事？究竟是誰來了？我納悶著走到門口，尼采就站在那裡。

「咦？怎麼回事？你怎麼會來？」

因為過度吃驚我不禁拉高了聲音，尼采卻一副老神在在的模樣，「亞里莎，那裡一直轉的東西是什麼？」他指著放在店門口，一個裝著茶水正不停攪拌著的透明箱子。

「啊，那是抹茶，一直攪拌的話，就不會沉澱了。先別管這個，你告訴我，為什麼會來這裡？」

「抹茶？好喝嗎？可以給我一杯嗎？」

「好啊，不過一杯要兩百五十元喔！」

「我要付錢！妳不請我喝嗎？」

突然跑來我打工的地方，又不回答我的問題，這傢伙怎麼回事啊？我的內心雖然這麼想，但是老闆娘就站在店裡瞄著我們笑得一臉詭異，我不希望她誤會我們是情侶鬥

16 日本中小學校的活動，有別於短程的遠足，指長途、有夜宿的旅遊。

17 日本京都具代表性的和菓子，主要原料是米粉和砂糖。

嘴，只好老大不情願地請他喝抹茶。

「那就請你喝……只限這一次喔！」

我在杯子裡倒了抹茶，遞給尼采。

「你怎麼突然跑來了？嚇了我一大跳。」

「上次我不是跟妳約好一定會來找妳嗎，今天就是實現約定。而且，我今天想帶妳去一個地方，是一個很適合說明有關超人講題的場所。」

「原來如此……」（我根本似懂非懂）「在哪裡？」

「不用急，妳工作到幾點？」

「大概還有一小時就下班了。」

「好，那我就坐在那邊等妳下班。」

尼采就坐在店門前的椅子上，用吸管發出咻咻咻的聲音喝著抹茶。

「哇！超好喝！這、這很好喝耶！簡直和可可的美味程度不相上下！不，搞不好超過可可……竟然有這麼好喝的飲料！」

「有那麼喜歡？那就太好了，我沒白請了。不過，這裡是店門口，如果要等我下班，請你去別的地方等。」

「是喔？在店門口等妳會不方便嗎？」

「不，不至於不方便，只是……」

「我知道了，那就等妳下班再跟我聯絡，這是我的電話。」

尼采遞給我一張寫著電話號碼的紙片。我正想問他，「你有手機……」隨即想到這麼一問，大概又會說個沒完沒了，於是便回答：「嗯，我知道了。」就回店裡去了。

我在一小時之後，前往初次遇見尼采的石椅那邊找他。雖然在店門口會合也可以，可是後來老闆娘一直捉弄我，「年輕真好。」為了避免誤解，我決定自己過去找他。

尼采坐在離店不遠處的椅子上。

「抱歉，讓你久等了。」

「喔，我等妳很久了，我們快點過去吧！不過，話說回來，剛剛喝的那個叫，抹茶？實在太美味了，下次我還要喝。」

「你還真喜歡呢！那麼，下次我幫你買粉末沖泡的抹茶。」

「喔喔！妳真可靠！那我就不客氣了！就算很重也沒關係，幫我多買一點。那麼，我們現在就去鴨川吧！亞里莎，快點！」

尼采說著立刻站起來，快步往前走。鴨川？雖然不知道那裡究竟有什麼，總之我隨即跟在尼采的身後。

從土產店走到鴨川大約要花三十分鐘，這一帶蓋了國立大學、藝術大學等等大型的大學，前往鴨川的大馬路上，許多大學生騎著腳踏車來來往往。

「尼采，你平時都做些什麼？」

「嗯，玩手機遊戲。」

「咦？那是你的嗜好吧？我問的是工作！」

「工作想到的時候就會做。」

「是什麼工作呢？」

「製作手機遊戲。」

「什麼？真的嗎？原來手遊不單純只是你的嗜好！」

「不，也算是嗜好。妳也喜歡手機遊戲嗎？」

「偶爾打發時間會稍微玩一下。你製作什麼樣的遊戲？」

「代表作是《The Twilight of the Idols，偶像的黃昏[18]》，玩家課金[19]相當踴躍呢！

看樣子不久之後就會拍成動畫了。」

「偶像的黃昏？那是什麼遊戲？」

「在禁止戀愛的枷鎖中，打破禁止戀愛的禁忌，還被《週刊文春》大肆報導，是一部不受道德拘束的偶像養成遊戲。」

「這……這是什麼遊戲啊！」（這種內容會好玩嗎？）

「我倒想問妳，平時都在做什麼？」

「我？就像你看到的，去上學。還有，打工吧。我家的情況有點特殊，所以家裡什麼事都要自己做，所以很多事常手忙腳亂的……」

「特殊？是指什麼情況？」

「喔，我進高中時，就開始一個人住在京都，一個人過日子。」

「原來如此，這種情形很少見吧？妳父母現在待在老家？」

---

18 尼采的著作，本書旨在向人們信奉的偶像宣戰。尼采將長久以來被學界和大眾視為經典的鉅著，從至高無上的位置拉下來，以批判的眼光重新審視。

19 指遊戲玩家花錢儲值買裝備或抽卡的行為。

「我媽現在和外婆一起住在老家，我父親人在越南。」

「妳不覺得寂寞嗎？」

「唔，怎麼說呢？雖然我媽會說，『偶爾回家讓我們看看。』不知道該說我不想和家人距離太近，還是說不擅長跟家人相處，總之我沒有回家的念頭。我退社搬出宿舍那時，也沒想過要搬回家。為什麼呢？」

提到父母的事情，我的心裡總是有一股不可思議的心情。每當提到父母，我的心似乎就變得僵硬，又像是將自己切離般奇妙的感覺。而且我不擅長面對這樣的情緒。就算更深一步涉入也無可奈何，所以也會在內心把它區隔開來。和朋友談到家人的事，我總是被歸類為冷淡的人，被問到：「妳不寂寞嗎？」但是想著寂不寂寞也改變不了現狀。

「先別談我的事了。前幾天我在網路上查了一下尼采，你看起來和照片上長得不一樣耶。雖然輪廓很深，但是又不像外國人。你是不是附身在什麼人身上？」

我挪了挪肩膀稍微調整背帶，重新背好書包。

「附身……嗎？唔，很接近吧。不過是期間限定。」

「期間限定？那是到什麼時候呢？」

「這件事說出來就違反規定了。人生不也是這樣嗎？雖然知道總有一天會結束，卻不清楚明確結束的時間。倘若清楚知道什麼時候結束，人生的意義將會改變。我們正是活在這樣模糊不透明的時間當中。」

「原來如此，這麼說也對啦……那麼，如果是附身在某人身上，你是怎麼決定要附身在哪個人身上的？」

我這麼一問，尼采再度以食指捲著瀏海，上次碰面他也做了類似的動作，大概是他思考的習慣動作吧？

「我倒想問妳，假設妳有能力附身在別人身上，妳會挑選什麼人物附身？若是妳，附身的對象會是誰呢？」

「呃，我沒想過這個問題耶。這個嘛，比方說大美女、超級帥哥，或者有錢人！」

「就是這麼一回事，我就是憑直覺，選擇『附身在這個人身上應該不錯』。」

「原來如此，你的姿態還滿高的嘛……」

「反正，就結果來說，生活自在，外表和我本人有某種程度上的相似，是一個無可挑剔的美男子。」

「美男子？」

看樣子尼采和我對美的標準天差地遠。我仔細看著尼采的臉，雖然他不是醜八怪，也不是每個人都會目不轉睛的美男子。或許這是個人主觀，尼采可能相當有自信，被我這樣盯著看，他還能邊搔著蓬亂的頭髮，嘴角上揚害臊地露出讓我起雞皮疙瘩的笑容。他的嘴角邊染上淡淡的抹茶色。

過了傍晚五點的鴨川，夕陽照射著河面，炫目耀眼，涼風徐徐吹來。到處都有大學生鋪上了藍色塑膠布、擺好了酒，準備著迎新聚會。藍色塑膠布上放置的喇叭，傳出電吉他急切而激烈的英式搖滾樂。

尼采走到了鴨川，拾起幾顆散落在河灘上的石頭遞給我。

「亞里莎，用這些石頭打水漂。」

「咦？打水漂？你是說把石頭扔到河面上？」

「是的，看石頭在水面上彈幾次來決勝負。」

尼采說著面向河川，扔出石頭在水面彈跳著。飛出去的石頭在水面彈跳了三次之後，沉落水中。

「你很厲害嘛！換我試試看！」

我鼓起幹勁丟出石頭。

噗。只彈了一次就掉進水中。相當困難。

「哈哈哈，妳還不行嘛！換我丟了喔。」

噗、噗、噗、噗、咚。這次彈了四次。

「可惡！氣死我了！」

我不服輸，撿起了一顆看起來還不錯的石頭，繼續丟。不知不覺中，我和尼采專心地打水漂，猛然回過神來太陽已經下山了，四周微微地昏暗。

「亞里莎，妳覺得我們丟了多少次石頭？」

「呃，我不知道，應該有上百次吧？明天右手應該會痠痛。」

「那麼，如果把石頭丟個一千次，不，丟個一萬次的話，妳認為會不會有石頭循著同樣的路線落進水裡？」尼采突然提出奇怪的問題。

「嗯，應該會有個一、兩次吧？因為都丟了一萬次了，不是嗎？」

「是的。更進一步說，如果持續丟個無限次，循著同樣路線而落下的石頭究竟有多少呢？」

「說的也是，或許是這樣沒錯。為什麼要說這個呀？」

「換句話說，任何事情都會一再重複。我是要告訴妳這件事。」

尼采停下丟石頭的動作，轉身面向著我，我不太懂他究竟想表達什麼。

「我不太懂你說的是什麼意思耶？」

「嗯，或許講這件事一面看著廣闊的天空來說明比較好。我們到那邊隨便找個地方坐下來吧！」

尼采說著在鴨川河邊坐了下來，我也放下手上的石頭，坐在他旁邊。

尼采坐著，手指著天空朦朧浮現的星星。

「妳看那顆星星。」

「嗯，我看到了，是偏黃的那顆星星對吧？是金星吧？」

「沒錯。妳知道宇宙是什麼時候形成的嗎？」

「不太清楚。」

「據說宇宙是在一百五十億年前形成的。」

「一百五十億年前……」

「之後時間連一瞬間都沒有停止過，時光就在這一百五十億年間不斷地流逝。」

「這麼一想，規模巨大到我完全搞不清楚了。」

「沒錯，而且我認為時間若是無限的話，總有一天宇宙大爆炸會再次發生，完全一樣的人生將在某個地方再次重演。」

「什麼意思？」

我這麼一問，尼采撿起滾落在附近的五個石頭，然後隨意丟掉。

「亞里莎，妳看。」

「你要我看這些散落開來的石頭？」

「對，現在這些石頭散開來不是形成了一種布局嗎？把這些石頭撿起來再丟一次，妳認為會是一樣的布局嗎？」

「嗯，如果丟十次應該不可能。若是丟個幾萬次，說不定布局會一樣。」

「我想說的就是這個。」

「也就是機率嗎？」

「是的，如果時間無限，現在我們經歷過的事情可能會再次發生，一模一樣的狀況會再次重現。」

「唔……等一下，如果時間是無限的話，確實有可能發生同樣的事，但是我們的人生並不是無限的，不是嗎？」

「是的，但是我說的不僅是『出生之後到死亡為止』的期間，而是以更大的規模，原子來考量。」

「原子？」

「是的，萬物都是由原子構成，也就是原子的組合。即使我們死了，構成我們的原子仍然留在宇宙裡，因此，根據原子的排列組合，可能在某一天，自己將會誕生。」

「原子的排列組合？」

「是的。就是一種模式。比方說，想像一下拉霸機。假設當拉霸機出現七七七，就會誕生亞里莎。拉霸機不是有很多個排列組合嗎？有鈴鐺、水果圖案、再玩一次的符號等等。有時會出現鈴鐺、水果、和數字七的組合，有時是兩個鈴鐺一個水果圖案，組合有好多種。要出現七七七的機率或許很低，但是只要一直轉拉霸機，就應該有機會出現七七七吧！同樣的道理，萬物既然是以原子組合而誕生，自然也會有一天，再誕生出亞里莎的機率。」

「原來如此，不只是自己活著的時間，如果以宇宙誕生這類巨大規模來思考的話，或許有一天會誕生跟自己一樣的人類？但是，這個想法會不會太異想天開了呀？感覺很不科學耶。」

聽我這麼一說，尼采洋洋得意地大笑，「只是科學還無法證明罷了。甚至連宇宙也無法證明。哈哈哈哈。」

不知道是因為尼采的自尊心很強，還是因為他是怪胎，他的笑點和別人有點不一樣。我按捺著情緒等他笑完。

「反正，我想表達的是：一個人究竟能不能接納『**永劫回歸**[20]』的觀念，將會讓他的人生截然不同。」

「永劫回歸？那是什麼？」

「這個觀念會讓妳痛苦得不得了唷，妳有勇氣聽我說嗎？順便告訴妳，我思考出這個觀念的時候，因為太痛苦了，整整七天閉門不出喔。」

「什麼？痛苦到七天都把自己關在家裡？」

「是的，七天閉門不出，唯一能做的事情只有滑手機這類的娛樂，手機滑過度，結

20 Ewige Wiederkehr：英譯為，Eternal Return。

果網路變成龜速，很痛苦喔。」

「你這麼一說，我還真的不想知道了……不是有一句話說，『不知者為佛』嗎？」

我一說出口，尼采突然張大了眼睛，整個臉色大變，一聲不吭。

不知道是為什麼生氣，他緊握著拳頭，彷彿抑制著悲憤而顫抖著。

眼前的尼采彷彿正在蘊釀著殺氣，如同《北斗神拳[21]》中的主角吶喊著，「你們這些混蛋沒有資格活著！」那個樣子。

「抱、抱歉。我說錯什麼了嗎？」

「亞里莎，妳剛剛說了『佛』……但是，神，神已經死了啊！」

尼采仍然緊握著拳頭，繼續大聲喊著：「神已經死了啊！」

「那傢伙是不是腦筋有問題？秀逗了吧？」

「小聲點，不要一直看他啦。」

四周正在開迎新會的大學生竊竊私語著，不斷地對我們拋出懷疑的眼神。

「怎麼了？你幹嘛突然這麼激動啦。」

「妳剛剛說不知者為佛。意思是，如果不去探求不知道的事情，神的存在就不會被否定，對吧？但是，只要誠懇地去面對真相，就會得出一個結論：即使神的存在被否定了，也不奇怪。」

「什麼意思？」

「這就像烏鴉是白色，還是黑色的問題。如果不去面對真相，假設神告訴妳『烏鴉是白色的』，或許妳仍然會深信，『雖然烏鴉看起來是黑色的，但牠其實是白色的』。但是能夠坦誠面對真相，即使神告訴妳烏鴉是白色的，妳也會心想，『我怎麼看，烏鴉都是黑色的呀』。妳會坦誠地面對真實，神的存在就會變得很可疑，所以我才說神已經死了。說死了，或許正確的說明應該是，究竟神是否存在更加可疑。而且現在正進入了這樣的時代。」

「這樣的時代是什麼時代？」

「自由思想家的時代。」

---

21 日本少年漫畫，武論尊原著，原哲夫漫畫。

「自由思想家的時代？」

「是的，這個世界上充斥著各種價值觀。換個說法，就是能以各種觀點來看待事物。有各種價值觀、各種觀點這件事，反過來看，就是沒有絕對的『正確答案』。也就是說，現代並不存在『絕對幸福』這種答案或者終點。」

「沒有絕對的答案？」

「是的，這應該是人生指針的答案，或者作為目標的終點，是飄忽不定、模糊曖昧的狀態。假設有終點的話，只要一心一意朝著目標，『以這種方式活下去，絕對可以掌握幸福』就好了。就像玩 RPG 角色扮演遊戲，打倒大魔王，救出公主！目標明確，只需要朝著終點前進，一路闖關，最後衝進地牢就好了。

但是，沒有絕對的終點會是怎麼樣呢？也就是沒有大魔王的遊戲。沒有大魔王的遊戲，某個程度上也會有樂趣，像是和同伴一起打怪、在草原上採蜜等……雖然能夠享受遊戲的樂趣，但是該朝哪個方向前進，該以什麼做為目標，完全處在一個模糊的狀態。雖然已經闖入相信不是絕對的事物，而是自己能夠接納的『自由思想家』時代，也可以說是，沒有絕對『正確答案』的時代。但是也可以說，過去被視為是幸福終點的事物，只不過是贗品。」

「原來如此，如果換作遊戲的情況的確是這樣沒錯，很多遊戲都沒有終點，只是為了消磨時間。」

「消磨時間雖然會有快感，卻不是喜悅。」

聽尼采這麼一說，我曾有過明確目標的時期，是在田徑比賽的那個時候。當時，我想要瞭解朝著目標全力以赴的美好，但是夙願未嘗的目標，卻變成我內心無法解決的矛盾，我開始覺得麻煩。

現在的我雖然希望每天都過得開心，但是不想吃苦也是真心話。那是因為在不知不覺當中，輕鬆活著變成了目的，我也隱隱約約地知道，這和感受到喜悅的生活方式，並不一樣。

「我似乎可以瞭解你剛剛說的這番話，確實也符合我的情況。但是我想問你，剛剛你說的，永接……什麼的，那是什麼意思？」

「啊，不是永接……是永劫回歸。妳已經做好心理準備要聽我說了嗎？」

我默默地點頭。

「永劫回歸，就如同我剛剛說的，當時間是無窮盡的時候，同樣的事情就會重複發生。」

「同樣的事情會重複發生？」

「是的，比方說，妳曾遇過讓妳傷痛的事情嗎？妳有痛苦的回憶嗎？」

傷痛的事情，聽到這句話，我馬上想起冬天因為受傷而退出社團。我高中入學時，是住在學校宿舍。從小，我就懷抱著莫名的寂寞感，也在專心跑步之際忘懷，獨自投入練習比回家更讓我覺得輕鬆。

我並不是被父母虐待或者憎恨父母，而是內心深處根深蒂固地認為，我和父母無法相互理解。於是，我以進入目前就讀的高中為目標，也是因為學校設有完整的體育推甄住宿制度，入學的時候我就做好了心理準備，今後不論發生什麼痛苦的事情，我都必須一個人承受。悲傷的心情一定得自己了結，因為就算哭訴抱怨，最後受傷的還是自己。

母親經常打電話給我，「偶爾回家讓我們看看妳。」

但是，除了過年及盂蘭盆節之外，我都沒有回家。雖然回家一趟也沒什麼，但是我的腦海裡卻會浮現另一個聲音，「回家了又怎樣？」

即使回家讓他們看看我，我和家人仍無法相互瞭解。回到在家裡，好不容易才放鬆下來，不久又得面對離家回到一個人的生活。這麼一想，我就懶得特意花單程三個小時的時間回家。

摻雜著不滿，以及一再重複要自己死心的痛苦，一併埋藏在我的內心深處。

「嗯，要問我是否有痛苦的回憶，確實是有，但也不是多嚴重的事情，我現在已經能釋懷了。」

「妳的意思是，妳已經突破當時的痛苦了？」

「嗯，反正我現在差不多也習慣了。」我帶著幾分逞強這麼說。

尼采聽我這麼說，舉起右手帶著滿臉笑容說道。「放心！那些痛苦不論妳怎麼突破、怎麼跨越過去，一定會再回來。」

尼采說完，抬頭看著夕陽染紅的天空，高聲笑了起來。天空響起一片尼采的笑聲及烏鴉的叫聲。

「……發什麼神經！你那是什麼抖S的結論！」

「這就是永劫回歸。妳想想我剛剛說的拉霸機，考慮到機率問題，總有一天會再次發生。就算妳現在突破了那些痛苦的事，痛苦或悲傷還是會再重返。同樣的事情會不斷地重複。」

「你別說這種讓人喪氣的話好不好？我好不容易才看開了些，對這些事情釋懷了……如果照你說的，痛苦的事還會再發生，我就真的不明白什麼叫做絕對了。你這個想法不也是絕對嗎？剛才我也說了，你說的一點也不科學，根本像童話故事。」

「沒錯。我並沒有要妳相信這些話是絕對正確的。應該說，就算妳認為這些話是我虛構出來的也無所謂。」

「虛構？你竟然說得這麼乾脆……所以，我根本不需要相信你說的話？」

「這就錯了，亞里莎。我說的是，即使遭遇到痛苦的經驗，這些事情還是會再反覆發生，妳不需要認為活著是一件『徒勞無功』的事，更不需要因此而沮喪。」

「不需要因此而沮喪？為什麼？」

「換句話說，如果妳知道好不容易才跨越的痛苦或困境，之後還有可能會再發生，妳會怎麼想？用嘲諷的心態來看，『反正努力也是白費工夫，無濟於事』，所以妳變得無精打采？即使努力突破了困境，又得再經歷痛苦好幾次，於是妳有了怎樣都無所謂的空虛感，這不是很正常嗎？」

「的確是，要是無論做多少次，痛苦的事情都會再三重演、感受挫折，當然會沮喪呀。」

「是的，一再地遭受到挫折，會覺得心情沮喪，或者因此而讓靈魂墮落，抱持著冷嘲熱諷的態度，任何事物看在眼裡都覺得虛無，心靈遭受腐蝕，產生『做什麼都是白費工夫』的心態。」

「我非常瞭解你現在說的話。即使從痛苦中振作起來，要是同樣的狀況一再重複，或是努力付諸流水、事與願違，漸漸地就會覺得做任何事都提不起勁。不論社團或家人，都是同樣的狀況。」

「社團？」

「嗯。我從小就進入田徑社，因為推甄入學現在就讀的高中，但是去年秋季大賽前，我的大腿卻受傷了，得了腸脛束肌腱炎，也給大家添麻煩。為了完全復原，我已經很努力了，結果還是沒辦法像受傷之前那樣跑步。本來我還住在宿舍，但是看到社團的同伴就很尷尬，最後決定退社，搬出宿舍。」

「原來如此，那的確是很痛苦的事。」

「嗯，現在我基本上已經重新振作起來了，當時與其說對很多事都感到麻煩，不如說對很多事都抱持著無所謂的心態，的確就是一種虛無吧！」

「沒錯。態度變得過度虛無。即使是自己的人生，也會抱持著輕蔑不在乎的態度而活著。『自己才是人生的主角！』這樣的想法漸漸變得稀薄了，過著隨波逐流的人生。」

「被你說得這麼直白，確實是很痛苦，但是我的確就是這麼想的。」

「那麼，妳認為該怎麼做才對？」

「唔，我也不知道。我只能盡量不要去想。」

「原來如此。我認為最終還是要以『接納永劫回歸』來開拓道路。同時，我把『接納永劫回歸』稱作『命運之愛』。」

「接納永劫回歸？」

「是的。就是不論發生痛苦的事或討厭的事，都不要覺得『無可奈何的我好可憐』。因為這樣會讓妳加速邁向虛無。」

「那，我應該怎麼辦？」

「不論發生多麼痛苦的事，處於多麼嚴苛的狀況，都要試著告訴自己：『這原本就是我要的[22]。』」

「你說的意思是說，就算受傷了，也要覺得那是因為我想要受傷，所以我才受傷的？」

「是的，試著去想那就是妳要的。」

「要做到這個程度不太可能吧？而且我不認為原因是在我身上。實際上，是交通意外。各種不同的環境不都會發生艱難的事嗎？除了交通事故也會有其他意外，公司裁員之類的？要把這些事都認為是自己想要的，會不會太難了……」

「那麼，亞里莎，覺得不是自己的錯而受到命運的擺布、遭受交通意外，或是被裁員，那麼妳希望一生都活在悔恨之中嗎？後悔著：『那時如果沒遇到那麼悲慘的狀況，現在該有多麼幸福呀？』」

「唔……實際上有可能會變成這樣。如果沒有受傷，我現在應該還待在田徑社。」

「會有這樣的想法確實是一般人的反應。我想說的是，即使這樣，還是試著去思考『這原本就是我要的』。假設發生了痛苦的事，不斷地懊悔『當時如果沒發生那件事就好了』，一生都會被『悔不當初』的幻想束縛。被過去痛苦事情束縛，而無精打采地過人生，這很簡單就能做到，但是我希望妳能這麼想——痛苦的經驗，同時也能帶來喜

---

22 出自《查拉圖斯特拉如是說》卷二〈贖救〉。

悅，這才是『自己真正的人生』。」

「自己真正的人生……」

「是的。也就是即使痛苦，即使這些痛苦一再發生，仍然可以想著『**即使重生，我還是願意做自己，願意重複一模一樣的人生**』的生存方式。雖然有痛苦，但是只要痛苦中有喜悅，而妳慎重地接納其中的喜悅，這麼一來，即使發生痛苦的事，妳也能感受到喜悅，覺得自己的人生真好。以能夠引以為傲的生存方式，覺得『還想再過一次這樣的人生』，我認為這是很重要的。」

「嗯，你說的確實是一件很棒的事，我也認為要是我能這麼想就好了。但是，我該說這個想法脫離現實呢，還是說太困難了呢。實際上的狀況是，我受傷了才不得不退社。你的想法確實是一種理想，但是要這麼想很難。」

「亞里莎……」

「你不覺得很困難嗎？還是你只是說漂亮話而已？」

「……我認為只能以成為『**超人**』為目標。而我希望妳也能成為超人，所以我才會來到現代世界。」

「超人？之前你好像提過，什麼意思呀？是電影或漫畫虛構的那個超人嗎？」

「我說的超人和肌肉發達的超人毫無關係，如果妳的腦袋浮現的是穿著藍色緊身衣，披著紅色披風的肌肉男，把那個印象消除掉。我說的『超人』，和肌肉多寡、體脂肪、健身無關，就算狂吃碳水化合物照樣可能成為超人。」

「知道了，我就不預設聽你說吧！」

「所謂的超人，如果用一句話來說明，就是接納永劫回歸，創造嶄新價值的人。」

「接納永劫回歸？」

「是的，就算是重複同樣的痛苦、同樣的艱難，也能接納『這就是自己的人生』。重要的是，不要以虛無的心態來看待永劫回歸，認為『反正都會重複，活著根本沒勁』，而是就算發生預料之外的痛苦，仍然熱愛自己的命運。如果要舉出理想的人生，比如像是，出生在有錢人家庭、美貌才能兼具，人生若是超級輕鬆的模式，就不需要經歷種種的折騰了。

為什麼人都會妄想或嫉妒呢？如果只把這種得天獨厚的生存方式視作理想，也是否定自身的命運，妳再怎麼感嘆著，『當時如果沒有受傷就好了！』但是現實就是妳受傷，然後退社了。受到負面情緒的支配，感嘆沒有生在理想、得天獨厚的環境，認為自己的人生處在充滿悲慘艱苦的境遇、毫無價值。」

「你是說，否定自己的人生沒有價值？」

「這世上沒有真正的公平，世界是不公平的。每個人的起跑點和能力都不一樣，這是天經地義的事情。但是一味地拘泥於『終點』的人，就會感到虛無。假設有所謂的理想生活這個終點，這些人就會認為起跑點離終點很近的人獲利，距離終點很遠的人則會吃很多苦、很吃虧。」

「如果終點一樣，起跑點不一樣，而有得失心不是理所當然的嗎？」

「是的，『一味執著終點』就是這樣。如果換個角度思考，想一想到達終點前的路程又是怎麼樣呢？有些風景只有距離終點遠的人才看得到。比方，只有距離終點遠的人才聽得到加油聲。妳一定也曾經得到他人的鼓勵吧？不只追求終點或理想。妳要去喜愛的，包括現在所處的環境，以及自己的起跑點，這就是命運之愛。如果沒有命運之愛，被得失利害所束縛，就會否定似乎沒有獲益的人生。」

「原來如此，的確沒錯，或許有些事物只有置身當下才看得到。如果我還待在田徑社，現在大概就不會在這裡了。」

「是的，沒錯。不要被世間一般理想或價值觀擺布，就算失敗了，或是遭到旁人嘲笑，也要把持住自己的價值觀，超越自我活下去。不論旁人怎麼說，都不逢迎！不退縮！不猶豫！以自身的價值觀為傲。我們都是活在社會當中。一旦活在社會當中，看待事物，難免會受到他人評價、社會價值觀影響。比如，羨慕別人待的公司比自己好，比自己成功；看到同年齡的朋友收入比自己高，就認為自己很悲慘。

這是為什麼呢？因為我們活在介意他人評價以及社會價值觀的社會。所以，會在意他人評價是很自然的事。但是，一味拘泥於他人的肯定，當沒有受到肯定時，妳會怎麼想呢？妳會覺得自己很悲慘、會有嫉妒他人的心情，『我是一個沒用的人，沒人需要我』，然後愈來愈覺得空虛，覺得『就算努力也是白費工夫』。

這樣的經驗，可能大家都曾發生過。但是我認為這樣的生存方式，只是白白浪費了生命，即使生活持續傷心受挫、得不到回報、失敗、艱難困苦，即使這些事周而復始，我們都能堅強、快樂地活下去。

不是抱著『人生了無意義，什麼都無所謂』的態度，而是『因為人生了無意義，所以要自由自在地活下去！』不是純粹的虛無，而是以積極的虛無主義者[23]活下去，能夠

23 尼采對於虛無主義（Nihilismus）區分為「消極的虛無主義」和「積極的虛無主義」。積極的虛無主義透過徹底批判一切傳統的價值觀，使人對既存的理念陳規厭惡、失望、空虛，身處絕境而奮起自救，從而克服虛無主義。

達成這個極限，才能成為超人。」

「以積極的虛無主義者……」

「是的，不必在意他人眼光，不是像小鹿那樣害怕到發抖畏怯，而是積極勇敢跟自己對抗！不需要遁世而居，而是『**將人生置於險境**[24]！』不需要畏怯、不需要否定自我，持續挑戰事物並且超越它，就能掌握喜悅！」

因為人生了無意義，所以要自由自在地活下去。我覺得尼采說的這些論點很新鮮。我時常聽到有人說：「人誕生在這個世界上一定有它的意義，所以要珍惜自己的人生。」但是尼采卻說，「正因為人生沒有意義，更要自由地活下去。」這是我從來沒有聽過的想法。

因為過度想著活得很成功，不要失敗，巧妙地活下去，所以有時候會害怕失敗而不敢挑戰。這種情形在嘗試第一次的事物、人際關係，希望能夠順利成功的時候，有時反而陷入侷促的境地。不畏怯，任何事都能勇於挑戰，就是要先做好心理準備，從「完美達成」的執念中，把自己釋放出來。

如果要說理想就會沒完沒了，我所處的環境是，當時要是我的腳沒有受傷就好了，我的心裡多少也些不滿；我也希望和父母彼此更瞭解。但是，一旦事實不符合預期，我不去否定自己的人生，似乎就無法往前了。不論多麼羨慕周圍的人，不論有多少怨言，我只能接受自己的命運努力活下去，而這就是不認輸放棄，讓自己強壯起來吧？

四周已經完全變暗了。來往鴨川橋上的車燈，熙來攘往地閃爍著。鴨川河邊成雙成對的情侶，等距坐著欣賞河流美景。流瀉的車燈，朦朧地映照在鴨川的水面上，宛如在水面上放燈籠。

迎新會的大學生們簡直就像接下來要更嗨一樣，不停地呼喊著、你一杯我一杯，杯觥交錯。藍色塑膠布上擺放的小型喇叭，依然傳出電吉他忽高忽低、節奏急促的西洋樂曲。各自的時間創造出各自的世界，我們只不過是偶然置身於同一個場所。

「亞里莎，時間也差不多，肚子餓了耶，有沒有什麼好吃的？」

---

24 出自尼采名言「從生命中獲得極致的圓滿和喜悅的祕密就是——將人生置於在險境！將你的城市建在維蘇威火山的山坡上！」

尼采的話告一段落，他猛然站了起來。

「唔，這一帶附近，稍微往前走一下，有拉麵店。」

我也站起來，拍拍屁股上的砂子回答。

「拉麵？那是什麼？我話先說在前頭，我可是美食主義者喔！」

「你很寶耶。你知道手遊，卻沒聽過拉麵。比我想像中更像普通人，我還以為哲學家不會受到誘惑。」

「普通？妳是說我很平凡嗎？」

「不，我不是這個意思。就像剛剛你說你是美食主義者，我印象中的哲學家，應該像隱居山林的仙人，餐風露宿……」

不知道尼采是不是因為聽不懂我在講什麼，他以手指繞著瀏海彷彿陷入思索，然後一副「我有靈感了！」的表情，放開瀏海說：「我知道了！查拉圖斯特拉。」

「查拉圖斯特拉？那是什麼？」

「妳竟然不知道！我的名著《查拉圖斯特拉如是說》！算了，先吃妳說的那個什麼拉麵再來談吧！」

我和尼采沿著鴨川河岸的步道走著，前往拉麵店的激戰區。一說到京都的料理，一般都會聯想到味道偏清淡的食物，但是京都拉麵名店「天下一品」，口味十分濃郁。我和尼采並排走著，我一邊向他說明各家拉麵店的味道和特色，一邊詢問著尼采偏好的口味，盤算著應該帶他去哪間。

看著一旁汽車大燈交織閃爍而川流不息的車道，我們步行前往眾多拉麵店林立的區域，晚風伴著沿路步道旁林立的行道樹，因為摩擦而發出窸窸窣窣的聲響，為我們帶來了好心情。

3／一味姑息縱容自己，終將因此而罹患惡疾

一如平日的作息，我在固定時間醒來。我拿起枕頭旁的手機，時間大約是七點半。什麼嘛，才七點半？我又鑽回被窩。

今天是星期六，也就是不需要鬧鐘的日子。

藉著高中入學為理由，我離家已經邁向第二年了。雖然我在京都出生，但是出生地是京都府北部的宮津市。家鄉也有像天橋立這樣的觀光勝地，但是我上學從福井縣過去，比從京都更近。因為坐公車到高中附近的車站，光是單程的公車及電車，就要花上三個鐘頭，所以我在高中入學時，就開始了一個人住的生活。

直到退出社團以前，我都還住在宿舍，但是遇到社團的人總覺得尷尬，所以我就搬出宿舍，一個人住在市區的公寓。可能有人會認為，我父母應該不會同意高中生一個人住在外面，但是對我不怎麼關心的母親並沒有阻止我，反而爽快地允許我離家一個人生活。

我家是一共五人的家庭，包括：外婆、父母和大我三歲的哥哥。雖然說是家庭，但是並不像電視上常看到的那種溫暖的家。在物流公司擔任幹部的父親，可以說是工作狂，大約兩年前他被派駐到越南。但是他還跟我們住在一起時，和大家完全沒什麼接觸、徹夜不歸的日子，也是司空見慣。

母親原本就在嬌生慣養的環境下長大，到現在仍然黏著外婆，對我也不怎麼關心。從我童年開始，母親就比較關注任何事都比我出色的哥哥，極少給予什麼都做不好的我肯定。雖然從小我就被要求學鋼琴、書法、芭蕾舞等等才藝，但是我懷疑自己就算學了又能有多少成就？我發自內心提不起興趣。母親引以為傲的哥哥，考上了東京私立大學名校之後，只有過年及盂蘭盆節才會在家裡露臉，他待在東京似乎比家裡還自在。

雖然家人之間還不到崩壞的程度，但是我從小學時期開始，就隱隱約約地察覺到，自己的家不像一般家庭那樣和樂溫暖。每當和朋友提起父母的事，我一定會被問：「妳不寂寞嗎？」上了中學之後，我開始不再去思考自己寂不寂寞這件事。

小學的時候，我曾經渴望父母更關心我，我嘗試在課業上更用功、甚至說些任性撒嬌的話，總之用盡各種手段想要引起父母的注意。不過到了小學高年級，我已經意識到，不管我怎麼做都有極限，「啊，我的家無法像別人家那樣。」

感覺到我們家的界限之後，我就沒有再試圖拉近家人之間的關係，反而覺得對家人不要有期待就好，保持一些距離，想要一個人過生活。與其得不到渴望得到的事物，因而感到失落痛苦，還不如死心忘了它就不會受傷。

如果問我會不會寂寞？或許我內心確實是寂寞的，但我就是無法正視我的內心。是因為正視內心讓我畏懼嗎？還是因為知道我的所作所為不會有任何改變而傷心？即使我嘗試去思考，總是想著想著就腦袋一片空白，然後，我就再也無法更進一步去解剖自己的內心世界了。

可能是因為抱持著這樣的想法，我一個人過日子並沒有強烈的寂寞感。當然，也有可能是因為我忙碌於眼前的生活、學校、打工，所以沒有時間寂寞。前幾天，我和尼采去鴨川，我才察覺到，即使母親對我說：「偶爾回家讓我們看看妳。」我仍執拗著不太常回家，是因為我的內心深處掙扎著「放棄」的想法。

即使回家跟母親撒嬌，也只是短時間分散自己的注意力。我終究得回到一個人住的屋子，過著一個人的生活。不論我回家幾次，都是同樣的狀況。不論回去幾次，都得回去一個人的生活。也就是說，對我而言，回老家是一種「徒勞無功」。

但是，再怎麼說是徒勞無功，一直逃避回家這件事，真的好嗎？我認為反正回家也不會有什麼改變，所以就採取消極的態度，這麼做對嗎？我的心裡突然產生了疑問。

所謂的人生，或許就是過著日復一日的繁忙日常，驀然回首發現已經流逝了歲月。說真的，我從來沒有像尼采那樣深刻地去思考人生。

但是，今天是星期六，既不需要打工也不需要上學，不需要急著起床，一整天窩在家裡也無所謂，一整天都穿著睡衣也無妨。像今天這樣的日子，或許可以試著像尼采一樣思考更深刻的人生問題。關於家裡的事，稍微梳理自己的心情也許也不錯。

我這麼想著，正打算再多睡一會兒時，門鈴響了起來。

叮——咚。

誰呀？大概是宅配吧？是我前一陣子網路訂購的隱型眼鏡送來了嗎？但是我還很睏，裝作不在家好了。等一下再去確認配送通知單就好了。這麼一想，我決定佯裝不在家，好好地睡一覺。但是門鈴再次響起了。

叮咚！叮咚叮咚！叮咚！

對方彷彿看透我的心思，不斷按著門鈴。而且連續按門鈴的速度，如同高橋名人[25]切西瓜的超級速度！門鈴聲毫不留情地在屋子裡震耳欲聾。

「來了！我現在就去開門！我來開門了，不要再按了！」

我大聲地對著門外的人喊著。可能是聽到我的回應，門鈴終於在第十六次響完後停下來了，我貼著大門的貓眼一看，站在門外的人竟然是尼采。

「亞里莎，我忍不住跑來了！」

「搞什麼？『忍不住跑來了！』講得好像分手的男友……怎麼了？不對，你怎麼知道我住這裡？」

「妳以為我什麼人呀？妳的所在位置和個人資料我早就調查得一清二楚。我跟妳打工的老闆娘問了妳家住址。」尼采以食指輕敲著太陽穴這麼說。

「什麼嘛！隨便洩漏個人資料！」

「放心吧！我又不會亂用。老闆娘挺大方的，她說，『幫我問候亞里莎喔！』還請我喝了抹茶。」

尼采穿著皺巴巴的皮鞋就打算進來屋子。

「等等，先在這裡脫鞋！玄關這裡，來，換上拖鞋。」

我從鞋櫃拿出拖鞋，放在尼采的腳邊，尼采嘟囔著：「原來還有這種規矩啊……」脫掉皺巴巴的皮鞋之後，他進到屋子裡，就坐在角落的沙發上。

「亞里莎，雖然說我是客人，妳倒也不必太客氣，這樣吧，就給我一杯加了很多棉花糖的熱可可，或者是一杯抹茶就行了！」

我還穿著家居運動服，總之我先去戴眼鏡，然後坐在尼采對面的地板上。「這兩個我家都沒有，一般人家裡哪有可能隨時準備棉花糖熱可可或是抹茶，茶可以嗎？」

「這樣啊，那就從下次開始幫我準備，我雖然最愛的是熱可可，但是也很喜歡抹茶。那個飲料真的是太美味了，帶有微微的苦味，餘韻很棒，又有點甜香。啊！好想快點再喝到抹茶呀。」

「好啦！我會準備就是了。不過，你就饒了我吧！幹嘛去問老闆娘啊……她一定誤會你是我男朋友。唉！」

「啊，妳放心！我喜歡的是傲嬌妹，不會覬覦妳的。」尼采背靠著沙發，一副踐樣

---

25 在電玩還未進入連發搖桿時代，以每秒鐘連按十六次「十六連射」而名噪一時，奉為當時電玩第一高手。他的指力驚人，可用手指連按切開西瓜。

頻頻的點頭。

「話不是這樣說，難道我沒有選擇的權利嗎？」

「妳不需要這麼喪氣，男人跟天上的星星一樣多。話說回來，妳的房間很小……」

尼采坐在沙發上，環視了我的房間。全白的牆面及地板。四坪大的房間確實很小，不過，因為有面南的陽臺和大窗戶，以這麼小坪數的房間來說，視覺上應該還算帶有開放感。

房間裡擺著鋪上藍色床罩的單人床，以及郵購買來的茶色小沙發和雪白的矮桌。另外就是一些家電用品。以女生的房間來說，或許相當無趣。

「一個人住大概就是這麼小。對了！你說你平時很閒，你到底住哪？」

我想讓剛起床仍然慵懶的身體清醒些，從冰箱拿出冰麥茶，倒了一些在玻璃杯之後，放在沙發前的矮桌上。

「我現在住分租公寓，之前也是和朋友三個人同居[26]。」

尼采說著伸手拿了冰茶，我卻因為尼采這句話，口裡的茶噴了出來。

「什麼？分租公寓？你是指那種打扮很時尚的男女、有可能發展出戀情，類似《雙層公寓[27]》那種？」

「不是，住的全是男生。妳沒聽過嗎？現在很流行改裝町家建成分租公寓。雖然說住的全是男生，但我也不是因為不習慣和女生住才選那裡。以前我都是和不凡的女性住在一起。」

「唔，我不是很明白你在說什麼啦……」

說完這句話，我頓時啞口無言。說起來，我對尼采實在很陌生。雖然我開始瞭解了一些尼采的想法，但是我現在才發現其他的事情。除了從網路上查找到的資訊以外，我一無所知。

「你過去究竟經歷什麼樣的人生？」

「我？簡單說來，我出生在牧師家庭，年幼時父親就過世了，所以我是在不凡的女性環繞下長大。」

「不凡的女性？」

---

26 尼采曾和保羅・李，以及女作家路・莎樂美三人同居。

27 由日本的電視臺製作的真人實境秀。節目設定由三男三女同居，為期三個月的綜藝節目。

「祖母、母親、伯母，以及名字叫伊莉莎白的可愛妹妹。我一直都生活在女性環繞的環境。」

「怎麼聽起來有一股後宮的味道，簡直就像輕小說的主角一樣。如果加上標題，大概就是《我的妹妹哪有這麼可愛[28]》吧！」

「我不清楚什麼是輕小說，反正我確實是在女性圍繞下生活。從小，我就很用功，二十四歲就成為大學教授。大概就是人們常說的，往天才的路上直奔吧！不過，說是努力用功，我不是書呆子喔，我會喝酒，穿著打扮也很時尚。」

「原來如此。天才路上呀。尼采你……那些哲學思想，都是自己想出來的嗎？」

「要說是自己想到的，確實可以這麼說，但是也可以說是受到某個人的影響。」

「這樣啊。那個人是誰？」

「一位叫叔本華[29]的人。」

「叔本華？」

「是的。平時我是屬於不會衝動買書的類型，只有叔本華的書會衝動去買。真的是好令人懷念。」

「喔，原來如此。為什麼會衝動買他的書呢？」

「當然是受到他的思想很大的衝擊。當時也有和我交情很好、會一起熱烈談論叔本華思想的朋友。」

「就像是哲學同好？」

「大概吧！不過，與其說是哲學同好，更接近音樂同好？我的同好叫華格納[30]。」

「華格納？我好像聽過，又好像沒聽過。」

「他是一名音樂家。妳應該聽過他的《結婚進行曲》。」

「我要是聽到那首曲子的話或許就知道了。你和華格納是好朋友[31]？」

尼采聽我這麼一問，臉上掠過一抹陰影。可能是這件事不想被碰觸，一瞬間他露出了輕蔑的眼神，滿臉欲言又止。我說了什麼讓他不愉快的事嗎？

「我和華格納曾經是好朋友，現在就……」

---

28 伏見司著作、神崎廣繪製插畫的日本輕小說作品。

29 Arthur Schopenhauer（一七八八～一八六〇），德國哲學家。叔本華的哲學思想被人們稱為悲觀主義。

30 Wilhelm Richard Wagner（一八一三～一八八三），德國作曲家，尤以歌劇聞名。

31 尼采曾盛讚華格納，但兩人最終交惡。尼采批評華格納的音樂太強化戲劇效果，更像演員而非作曲家。

「咦？是喔？是因為發生了什麼事？」

「當我發現那傢伙滿腦子虛榮心作祟，我就無法再忍耐。」

「虛榮心？」

「是的。我本來很尊敬華格納。我們年齡差距很大，我甚至把他當父親般尊敬。但是……看到他後來的所作所為，我發現『這傢伙根本不是藝術家，他俗不可耐！』」

「根本不是藝術家，俗不可耐……怎麼說？」

「這麼說吧，他就是一個很虛榮的藝術家。他自認為自己很傑出，如何在別人面前展現這一點，對華格納來說極其重要，藝術只是裝飾。例如，他會自導自演好口碑的消息、向有錢人諂媚逢迎。我跟他來往一段時間之後，就對他感到厭惡了。」

「唔……也就是說他其實是一個表裡不一的人？」

「沒錯，妳身邊也有這樣的人？」

「我想想看。唔，比方說裝作弱不禁風的模樣引起男生的關注？或是呼籲大家有錢捐獻或者去當志工的人，私底下卻從中獲利？」

「嗯，可以這麼說吧，粗略地說大概就是這種感覺。總之，我和華格納合不來。」

尼采皺著眉，彷彿想穩定焦躁的情緒，一口氣把茶喝光。

我從冰箱拿出沉重的保特瓶放在桌上。

「要再喝一杯茶嗎？」

「好，謝謝妳。我自己倒吧！妳不用這麼顧慮我。」

尼采說著單手拿起兩公升的保特瓶，正要把茶倒出來的時候，咚地一響，保特瓶打翻了，茶水流得滿桌都是。

「尼采，你搞什麼！」

「抱歉，我好像有點慌張。」

尼采似乎非常過意不去，急忙從沙發旁的面紙盒抽出大量的面紙擦拭地板。

「等等，用面紙太浪費了，用這個擦！」

我把毛巾遞給尼采。

雖然突發的事件讓我吃了一驚，但是看到尼采竟然動搖到把茶打翻，我更感到意外，看樣子尼采對華格納這個人，還懷著很深的執念。而我聽了華格納的事情，也不禁覺得，不論什麼時代，人類的性格其實都沒什麼太大的變化。

即使時代背景不同，不論是尼采出生的十九世紀歐洲，或是現代的日本，都有類似性格的人，或許大家都為了相似的事情而煩惱。

「總覺得，不論哪個時代都有相似的人呢！」

「沒錯。說得極端一點，我並不認為華格納的思想或價值觀是『惡』。當一個人把某件事視為『惡』，通常是出自羨慕或嫉妒。人們認為會讓自己羨慕或嫉妒的事物是『惡』，而自己站在惡的對立面。人們是傾向將自己合理化的動物。」

「站在惡的對立面？」

聽到尼采這句話，我不自覺地停下手上的動作。「站在惡的對立面」是什麼意思呢？

「藉由把羨慕或嫉妒的事物視為『惡』，而自己的所作所為是正確的，來告訴自己是在做好事！人類總是以這樣的方式來說服自己。比方說，認為『一天到晚想著賺錢的人根本不行，太低俗』的人，可能是抱著相反的主張，『我沒有一天到晚只想著賺錢，身為人類就應該像我這樣』。認為『狼吞虎嚥地不顧他人的傢伙根本是垃圾』的人，其實是主張『我為旁人設想，不會狼吞虎嚥，才有資格身為一個人』。

認為別人做了什麼是惡，把自己置身於惡的對立面，卻沒有正視真相。藉由把別人貼上惡的標籤，而把自己正當化。這種行為日常生活中也會發生。例如，對音樂的喜好。嘴上說：『最近大受歡迎的歌手好土！』可能心裡想的是，『不盲目追流行的自己才聰明。』否定某件事，就是主張站在否定事物對面的『自己』才正確的一種手段。否定某件事或者認定某件事是惡，也是一種提高自尊心的行為。」

尼采說完，把濕漉漉的毛巾和面紙揉成一團，丟進垃圾筒。我從垃圾筒撿起毛巾，放在洗手間的洗衣籃裡。

「我好像能理解。班上也有喜歡聚在角落玩遊戲卡的同學，嘴上說：『組趕流行的小團體實在有夠蠢的！』但是愛趕流行的小圈圈同學，則在背後嘲笑宅同學『陰沉又土氣』，這就是站在『○○很土氣』的對立面，巧妙地讓自己成為不土氣的人。」

「因為這是自然而然的行為，如果仔細回顧自身的所作所為，其實你會發現，很多時候我們也曾說過類似的話。糟糕，沒電了……」

尼采突然說出「沒電了」，接著便坐在剛擦過的地板上，一聲不吭。

「怎麼了？什麼沒電了？」

「我從昨天開始就什麼都沒吃……」

「這是哪門子十幾歲小女生減肥的臺詞……」

「嗚，我快餓死了！妳有沒有什麼吃的？」

「呃，抱歉，我家什麼都沒有，只有口香糖和糖果。」

「是喔……」

「要不要去附近的便利商店？或是去市公所附近的麵包店？」

「麵包？那家麵包好吃嗎？」

「嗯，不知道合不合你的口味，我覺得還滿好吃的。」

「是嗎？我們立刻就去麵包店，走！快點！」

尼采突然精神大振，立即跳起來奔向玄關。我原本打算一個人悠哉度過的假日，由於尼采突然來訪變成了一個手忙腳亂、喧嚷熱鬧的早晨。為了追上跑出門的尼采，我穿著運動服，只拿了家裡的鑰匙和錢包，連忙跟在他身後。

一大早的天空還不到一片蔚藍，天色仍略帶著魚肚白。白色的雲朵環繞在京都的遠山前，宛如群山慵懶地打著呵欠。

鴿子的鳴叫聲及麻雀的吱吱喳喳聲通知著早晨的到來，市街仍然還沒完全從沉睡中甦醒，店家拿著水桶潑灑石板路的水聲，杓子碰到桶子時細微的木頭聲響，以及行駛在大馬路上微微的汽車引擎聲，逐漸將大街喚醒。

街道還有點涼意，我和尼采走在濕而柔軟的京都早晨裡。從我獨居的公寓到市公所的路上，有一個稱作「京都御所」的觀光勝地。正式來說，京都御所是歷代皇室居住的建築，包括占地廣大的京都御苑，但是京都人都把京都御苑，稱為「京都御所[32]」。

京都御苑位於今出川站到丸太町站之間，從外觀看來，彷彿只是一大片森林，裡面有池塘、鋪著美麗的雪白碎石，洋溢著開放式的大道，和外觀給人的森林印象截然不同，是一處整備齊全的空間。

我們通過京都御苑的南側道路，前往市公所旁的一間麵包店。京都御苑南側的丸太町通上，可以看見京都御苑濃蔭綠樹正隨風婆娑搖曳，鳥兒自由毫無顧忌地鳴叫著。

「亞里莎，繼續剛剛的話題吧！」

「剛剛的話題？你說惡或善？」

「是的，談論惡的話題，會不會不太適合如此晴朗的早晨？」

「不會呀，沒問題。反而能用輕鬆的心情來聽。」

32 位於京都市上京區的一座宮殿建築，曾是日本天皇的居所。日語中的「御所」是指，天皇或皇室主要成員的住所。

「有關剛剛說的『惡』，我再講一件事。」

尼采說了這句話以後，先深呼吸了一口氣，然後緩緩地開口說：「我提過，自然界的弱肉強食是一件理所當然的事。弱者衰敗淘汰，強者繼續存活。就像電影《侏儸紀世界》[33]塑造的世界，草食恐龍被吞食，迅猛龍和滄龍則繼續存活。

自然界中，弱肉強食是理所當然的現象，但是在人類的社會，強者生存、弱者淘汰，卻被視作不合理的一件事。

『必須關懷照顧弱勢』、『欺凌弱小才有資格當人嗎？』會對弱者寬大為懷的，只存在於人類的世界。比方說，人類社會把傷害別人視為惡。但是在自然界，強者吃掉弱者根本稀鬆平常。

那麼，為什麼人類世界會有不能傷害他人的思維呢？以現代觀點來思考，最主要的因素是人類形成了社會。我們從一出生就參與了社會。所謂參與社會，就是必須遵守秩序及規則。只要遵守秩序就會有利益。基於秩序或規則，能夠確保安全，這和自然界的弱肉強食劃分出界限。

也就是說，比起待在弱肉強食的世界，參與社會更能保有自身的安全。反過來說，為了保有自身的安全，每個人都必須遵守規則。但是，人畢竟是動物。動物擁有『衝創意志[34]』。其實不限於動物，自然界的萬物都有『衝創意志』。」

「衝創意志？」

「是的，這個世界上，一切生物的『衝創意志』總是源源不絕地抗衡，相互競逐。如果不明白這是怎麼回事，不妨想像一下無人整理的池塘。未經整理的池塘會繁殖水草。水草肆無忌憚地不斷蔓生。生物具有把求生存的力量發揮到最大限度的本能。因為牠們具有成為更強生物的意志。這就是『衝創意志』。把自身擁有的力量發揮到最大極限，以求生存。」

「原來如此。我好像懂你的意思。」

「任何人都具有『想變得比現在更強』的意志。而追求的這個力量，並不只像是武

33 《Jurassic World》。二〇一五年的美國科幻冒險片。本片為《侏羅紀公園系列》第四部電影作品。

34 德文為「Der Wille zur Mach」，英譯為「the will to power」，中譯為：權力意志、力量意志。本書採用陳鼓應的譯法，以表現出原文詞彙中的創造性含義。

井壯[35]那樣宣稱『我要以百獸之王為目標』，僅僅追求肉體上的強壯，而是包含：立場、權力、名譽、金錢等等，和自身權威相關的一切。」

「就是讓自己站在更有優勢的位置？」

「是的。接下來我還要繼續說明。妳還記得剛剛我說『衝創意志』總是源源不絕地抗衡，相互競逐吧？接下來，我要更進一步說明這個部分！妳回想一下，我剛剛說的未經人工整理的池塘。水草發揮所有的能量，幾乎蔓生到要埋掉整個池塘。如果在這樣的池塘裡放入吃水草的魚，妳覺得會發生什麼事？」

「唔，魚吃掉水草，所以水草會減少吧？」

「沒錯。魚吃水草，所以水草的量會減少。妳認為水草會因此寸草不留嗎？」

「要看魚的數量。如果魚很多，或許會全部吃光，但是只要數量有限，應該就沒問題吧？」

「我也這麼認為，雖然魚會吃水草，但是應該在某個時間點會取得平衡。這是因為水草擁有的『衝創意志』和魚的『衝創意志』相互抗衡的結果，所以會在某個時刻取得平衡。這就是我說的，『衝創意志』源源不絕地抗衡，總是相互競逐。」

「是不是跟互相爭奪權力有點像呢？」

「是的。力量和力量相互撞擊的結果，一定會在某個時刻收攏。『衝創意志』，並不僅限於動物。比方說，《三國志》中的國家相互傾軋。肝臟代謝酒精的功能與酒精之間的相互作用，也可以說是一種衝創意志的抗衡。病毒與免疫力的關係也是如此。」

「以肝臟代謝功能和酒精來說，肝的代謝功能愈強，愈能對抗酒精；肝的代謝功能愈弱，就容易輸給酒精結果喝醉？」

「是的，所以人們會藉著飲用解酒液之類的，試圖提高肝臟代謝。妳看看新橋那一帶喝得爛醉的上班族就知道了……另外，說到『衝創意志』，整個世界都充滿衝創意志的競爭抗衡。時而發生某些糾紛，時而產生某些巨大變化，最後還是會趨向穩定平衡。亞里莎有過類似的經驗嗎？即使發生了某些事或某些衝突，最後還是會在某個平衡點穩定下來，這就是衝創意志抗衡的結果。」

35 曾是日本十項競技的冠軍。

我們走到丸太町通及河原町通的十字路口，可以看到林立著咖啡店及餐飲店，街上也明顯熱鬧了起來。雖然是平日熟悉的街景，但是這裡每一間店家，也是以各自的衝創意志抗衡下的結果，而以現在的形式存在這裡嗎？這麼一想，似乎連原本司空見慣的街景，都讓我感受到背後的深遠意義。

「原來如此，我從來沒有用這個角度思考過。」

「各種形形色色的力量形成漩渦席捲著整個世界。我並不是要妳去信仰什麼心靈力量。舉例來說，月球引力引起的潮水漲退也是相同的道理。海水因為月球引力而改變水位，但是，海水並不會因此就徹底地往月球移動，而森林草木也不會被月球吸引而連根拔起。這就是地球重力與月球引力相互抗衡而形成的結果。

類似這樣，世上發生的種種事情、現象、結果，都是『衝創意志』相互抗衡最後穩定下來，一切都是『衝創意志』相互抗衡的結果，所以當發生了對自己來說看似壞的結果，而去責怪別人，『會變成這樣都是那傢伙的錯』、『因為〇〇不對，才會形成這樣的狀況』，就是判斷錯誤了。」

「你的意思是，就算發生了厭惡的事，因為是衝創意志造成的，所以也無可奈何，應該要接受它？」

「是的。妳還記得先前我說過『永劫回歸』的觀念嗎？不論人生發生多麼艱辛的事、討厭的事，都不要因此被擊垮，而應該坦然接受。可以的話，最好能夠認為『這原本就是我要的』。另外，這件事還有一個重點。那就是不要削弱力量！不要覺得羞恥！」尼采握著拳，比出奮戰勝利的手勢，鏗鏘有力地說道。

「不要削弱力量？不要覺得羞恥？」

「是的。就如我剛剛所說的，所謂衝創意志，就是一股要變得更強大、把自己的力量發揮到淋漓盡致的意志。也就是超越自己，往自己的可能性無限挑戰的意志。內在擁有衝創意志的人，就像是松岡修造[36]，或是本田圭佑[37]這樣，有堅強的毅力。」

「松岡修造？本田圭佑？」

「是的。這個兩人給妳的印象是什麼？」

「唔，我覺得這兩個人精神面都非常強，你是這個意思嗎？」

「可以這麼說。我不是說過，人在努力卻沒有得到回報，或老是遇到不合理的待遇

36 已退役的日本網球男子選手，亞洲第一位網球大滿貫男單八強者。

37 日本國家足球代表隊的明星球員。

時，漸漸地就會變得『憤懣』，開始產生『反正努力也是徒勞無功』、『這世界太無趣了』等等，傾向於虛無主義的思考。以《星際大戰》來說，就是原力完全墮入黑暗面。

我希望妳注意的是，我完全不覺得，『努力一定會得到回報』或是『友情才是至高無上的寶物』。說穿了，我認為『努力總有回報』或是『友情才是至高無上的寶物』，不過是魚目混珠，是弱者給自己合理化的思考。

若是要問我的想法，我會說：『**愉快的意見常被誤以為真**。』我們很容易把感動的意見、打動內心的意見，那些產生感動的事物，斷定真實而正確的，事實並非如此。有時那只是選擇一個對自己有利的意見而已。」

「什麼意思？」

「也就是說，並不是讓我們感動的就是好東西。假設有一個呼籲大家要有崇高理念的社長，妳被那個社長說的話感動了。如果妳因為很感動，就認為『社長很了不起』，這就是判斷錯誤。

因為受到感動，所以容易誤以為我們感動的源頭，一定是很棒的事物。然而，感動的源頭未必就是『良好的事物』。有時候我們不是會把自己聽起來覺得很棒的言語，擅自認定『這才是真相』而感動嗎？

雖然感動是美好的，但是我們並不清楚，感動的源頭存在的事物是否美好。輕易就堅信不移是危險的行為。獨裁者的演講，或是黑心企業的社長宣示的理念本身，聽起來也可能震撼人心。」

「沒錯。覺得感動就是內心受到震撼，所以會覺得是很棒的事物。」

「我並不是全盤否定感動。我想說的是：人類覺得中聽的言語而感動的，通常對自己有利。而且，一味聆聽對自己有利的言語，有時會看不清真相。」

「原來如此。即使同樣說是感動。感動也有很多不同的動機。」

「是的。所謂的感動，也是一種不透明的東西。但是，其中仍有我們應該追求的感動。那就是我剛才說的，把自身的力量徹底最大化的『衝創意志』。擴展自身可能性而得到的感動，這是生存應當追求的感動。」

「擴展自身可能性而得到的感動？」

「是的。源源不絕地持續挑戰自身的可能性，在自我可能性擴展時而產生的感動，不，那是至高無上的喜悅。妳應該也有過這樣的經驗吧？持續挑戰自我的可能性，擴展自我可能性的經驗。

對了，比方說腳踏車。妳小時候學過騎腳踏車吧？一開始先裝輔助輪，然後有人在後面幫妳推，到最後終於一個人也會騎了。那時候妳有什麼感受呢？內心是不是有很多光環繞飛舞的喜悅？我也做得到！努力練習沒白費真是太好了！我會騎腳踏車了！內心深處激盪、顫抖的溫暖喜悅。讓自身的可能性不斷擴展，能夠誕生至高無上的喜悅。」

「至高無上的喜悅？的確，隨著可以做到的事增加了，或是發現嶄新的自我，會覺得非常開心。我剛開始練田徑的時候，發現跑步時間縮短了很高興，突然覺得四周看起來都變得格外閃亮，有一種活著真好的感動。」

「是的。超越自己的過程中雖然痛苦，卻能感受到至高無上的喜悅。處在虛無，徹底無欲是輕鬆的。不會受傷，而且可以合理化無法努力的自我。自我暗示，『因為我無欲，所以就算沒有得到渴望的東西也無所謂。』沒有嘗試挑戰，就對周遭批判，活得死氣沉沉的。發自內心這樣想也就算了，但是，採取這樣的生活方式，真的能夠發自內心感到滿足嗎？

我是這麼想的。就算痛苦一再周而復始，有些喜悅必須不斷突破束縛自身的外殼，持續去挑戰才能夠得到。因此得到的喜悅，才是至高無上。歡樂與喜悅，似乎很近卻又截然不同。也就是歡樂的道路和喜悅的道路是不同的。」

「歡樂的道路和喜悅的道路不同……」

「是的，當妳迷惑而無所適從時，先問問自己：『現在的我，是因為想選擇歡樂的道路而迷惘？還是想選擇喜悅的道路而迷惘？』妳只需要選擇喜悅的道路就好了。」

「有時候妳只希望享樂，卻自欺欺人說，『這個選擇才是正確的。』」

「是的，選擇要走的路，不需要找藉口。認真面對自己的人生，或者認真面對生存，都不是什麼丟人的事。」

「嗯。我瞭解你現在說的。不過，總覺得變得熱血會有點不好意思。變得熱血結果失敗很丟臉，就算沒有失敗，看到很熱血的人，也會被嚇到或者覺得害羞。」

「亞里莎，不需要在意別人眼光，只需要自由地活下去就好。即使有些事無法如願以償，也不需要尋找說服自己的藉口。『過度思考是麻煩的個性。』不需要遵從看起來光鮮漂亮的事物，不需要隱瞞想要的事物。只要單純像個孩子，想要的東西就坦率地說我想要！裝模作樣表現無欲無求，是因為妳擅自斷定『人不應該貪婪』。

但這是誰決定的？就如同衝創意志，我們想獲得力量、可能性、權力，並不是一件壞事，是天經地義。想要跑得比別人快，賺更多錢、被別人誇獎、希望受歡迎、想住高樓大廈、希望保有優越感，這些想法究竟哪裡錯了？是對誰有罪惡感？裝作無欲無求，對人生提不起勁，還不如保持貪欲活下去比較好。自我保護而變得無欲無求，實在是太可惜了。

人生毫無意義可言。但並不是因此就悲嘆沒有意義，而是正因為沒有意義，所以才能自由地活下去。

我的看法是，『**一味對自己姑息縱容，終將因此而罹患惡疾。歌頌讓人堅強的一切吧！**[38]』妳要銘記在心：對自己過度姑息縱容，心靈將會變得脆弱，應當接納那些能夠讓你堅強的事物。」

我入神地聆聽尼采說話，不知不覺間我們早已走過了原本要去的麵包店。更正確地說，我們不久前就到了。但是我想在抵達麵包店以前，再聽他多說一些，所以瞞著尼采，穿過重建本能寺的寺町通，故意繞遠路到麵包店。雖然對肚子餓的尼采有些過意不去，或許這是我在聆聽尼采說話之際，不自覺湧現的個人貪念。

由於在斷緣神社心念一轉，祈求能夠遇見嶄新的自我，內心隱約對當時的行為感到羞恥。我的內心同時存在著真心希望人生好轉的自己，以及輕視期待「藉由祈禱人生好轉」的自己。雖然希望人生更幸福，並不是對別人有害，但是我有自我批判的毛病。

若問為什麼我要這樣自我批判，我想應該是在被他人批判而受傷以前，藉由自我批判，多少能緩和遭到負面批評，自己先設下防線。變得貪婪之前，讓自己不要受傷，以自我批判來壓抑感情。因為過度害怕受傷，所以無法正視問題，傾向逃避問題。因為缺乏自信，自我意識過剩而抱持否定的毛病。也許我逃避家人不想回家，其實是不想承認在家裡感受到的寂寞，害怕坦白去面對自己的心情，承認自己真實的欲望。

「說的也是，我有點明白你說的話。遇到不順遂的事情，告訴自己：『我真是沒用，但我就是這種個性，沒辦法。』來說服自己；預感即將會發生沮喪的事情時，就變得退縮，告訴自己，『這不適合我，還是不要妄想了。』而打了退堂鼓。因為太過害怕受傷，而壓抑真正的欲望，漸漸地就變得膽怯了……我懂。」

「是的。自怨自艾，抱著『反正我就是這麼差勁』的想法，讓自己愈陷愈深。『反正我就是這麼差勁』的念頭很難纏。換個說法就是，幸福不會降臨在我身上。反正我就是這麼爛，我沒有資格得到幸福，甚至可能因此打開通往不幸的大門。

38 出自《查拉圖斯特拉如是說》卷三〈流浪者〉。

人類終究無法逃離自己，只能自我超越。必須徹底記住，『**戰勝克服之道的方法無窮無盡，但是只能靠自己去尋找。**』」

只能靠自己去尋找？我無法逃離自己，只能靠自己走向未來的人生，因為太過理所當然，所以很諷刺的，反而沒有特別去意識這件事而活到現在。不論處在多麼嚴苛的狀況，懷著無法向人啟齒的寂寞，都是自己現在的道路。那是只能靠自己走出去，自行開拓的道路。

「亞里莎……」

「唔？怎麼了？」

「還、還沒到嗎……我已經用盡洪荒之力才勉強撐到現在，我已經餓到極限了。」

「啊！我完全忘了！對不起對不起。穿過這條三条名店街的拱廊就到了！」

「只要穿過拱廊就到了？」

尼采大概真的餓昏了，竟然沒發現我們繞了一大段遠路。我們穿過鐵門拉下來的安靜商店街，抵達了目的地麵包店。聽說京都的麵包消費量出乎意外地占全日本第一，雖然京都給人和食的強烈印象，但是京都人似乎很喜歡麵包。麵包店也很多家。這家麵包店在京都是很知名的連鎖店。

一進到店裡，剛出爐的麵包及奶油香撲鼻而來，滿室生香，更刺激了食慾，我忍不住嚥了口水。

「哇……」

「看起來很可口吧？」

「妳推薦哪款麵包？」

我毫不猶豫地拿起靠近門口的三明治，遞給尼采。「我推薦這個。鬆軟的歐姆蛋三明治和元祖炸牛排三明治綜合口味。軟綿綿的煎蛋做成的歐姆蛋三明治、炸得酥脆的牛排三明治，一次可以品嚐兩種美味，很划算！」

「看起來都很好吃，好難決定。好，我要這個三明治，還有紅豆麵包……」

「不愧是尼采，有眼光！我也很推薦紅豆麵包。那就買一些我們分來吃吧！」

「哇！這個主意真不錯。就這麼辦！」

我們在充滿麵包香味的店裡，挑選那些每個看起來都很可口的麵包。我已經很久沒有和別人一起吃早餐了。

店裡掛的小小時鐘，指著上午八點半。今天才剛開始揭起序幕，店外的街上，這一天的活動逐漸地正式展開。

4/ 毫無激情地活著，自己的世界將受到嫉妒支配

窗外晴朗的天氣，正好符合「梅雨期中的晴天」這句話。今天已經是黃金週的最後一天。

黃金週期間[39]，土產店忙得人仰馬翻，每天都是手忙腳亂的日子。雖然我想過偶爾回老家一趟，但是母親跟我說：「我要和奶奶一起到臺灣旅行喔。」因此，我決定老實地待在家裡。

在這麼充實的黃金週最後一天，我滑著手機瀏覽社群網站上的貼文。黃金週這段時間熱鬧非凡，充滿許多到琵琶湖旅行、社團合宿活動，或是和男女朋友約會，各種假日活動的發文。

看著別人的發文，偶爾我會覺得，這些看似多彩多姿的生活，究竟是因為去了某個地方玩、拍了照片上傳

39 日本四月底至五月初，由多個節日形成七到十天左右連續假期。

到社群網站，還是為了上傳照片到社群網站，所以才安排到某個地方玩？哪個才是目的，有時我簡直搞不清楚了。

如果問朋友的話，朋友大概會說：「那還用說！當然是去玩才上傳啊！」或許自己在不自覺中，潛意識希望為了在社群網站發文才去旅行。就像先有雞、還是先有蛋，這類永無休止的爭論，雖然沒有答案，偶爾還是會介意。

正當我專注地滑著手機，尼采坐在我對面的一人沙發上，聚精會神地玩著手遊。尼采在黃金週期間，似乎正為了新的 APP 企劃而煩惱，他好像想不出點子，決定在想出好點子前先玩一下手遊而來我家。

據他的說法是，「分租公寓的 WiFi 太弱了」所以來我家，或許正確的說法應讓是，為了上網才來我家。這時候，尼采的手機突然響了。

「喂，啊，原來是你啊。好久不見。」

「什麼？你人在附近？那麼，我立刻過去。」

竟然有人約尼采，還真稀奇！雖然我心裡這麼想，但是沒有說出口。尼采的朋友，我只聽他提過原本交情很好的華格納，加上他看起來一副整天沉浸在自己的世界、沒有和其他人積極往來的模樣，這時，竟然會有人打電話約尼采，我內心感到驚訝不已。

尼采一掛掉電話，立刻催促我。「亞里莎，快點準備出門，我們立刻去四条！」

「咦？我也要去？剛剛是誰打來的？你朋友？」

「是友人A！快點！」

「什麼友人A……聽起來好可疑。我不去，你一個人去就好了。」

「不行。為了讓妳成為超人，我才派了友人A過來。他今天是特地撥空來的。」

「咦？是喔？但是現在開始準備出門，再怎麼趕也要一個小時。」

「時間就是金錢，沒時間了，趕快！我要倒數計時了！十、九、八……」

「等一下！再怎麼快，十秒也不可能。我不化妝，綁頭髮就好，給我五分鐘。」

說完，我走進洗手間，尼采停止倒數，坐在沙發上再度玩起手遊。

我拿吹風機稍微整理一下頭髮，把頭髮收攏綁在後面，然後對尼采說：「可以走了。」但是尼采似乎正進入對抗大魔王的關頭，連聲喊道：「等我一下，兩分鐘！」完全沒有要停下遊戲的跡象，結果，我等了他十五分鐘左右才出發。

雖然才剛進入五月，卻已經熱得像夏天。京都的夏天，有如待在蒸籠般悶熱。因為京都位於盆地，幾乎沒有風，熱氣悶到散不開就是京都夏天的特色。到四条雖然是徒步就能走到的距離，但是我們不想在這麼熱的天氣中走路，於是搭上市公車，到京都最熱鬧的四条河原町。

在公車行駛的晃動中，我問尼采。「等一下要碰面的人是誰呀？」

「齊克果[40]。」

「什麼？你說的該不會是那個哲學家？除了你以外還有其他哲學家嗎？」由於太過驚訝，我忍不住大聲喊出來，聲音在公車上迴盪著。

尼采伸出食指抵著嘴巴，小聲提醒我，「噓，安靜一點！」

在其他乘客視線的注目下，我覺得非常羞愧，同時也對尼采在其他人面前裝出一副頗有常識的樣子，覺得有點火大。

「抱歉抱歉，所以那個人是哲學家？」我悄聲地問尼采。

「是的，我想如果要成為超人，也要聽聽他的想法比較好，所以就把他叫來了。除了他以外，還有其他人也被派來現代世界。不過，能不能見到所有人，就要看妳了。」

尼采說完這句話，立刻按鈴了下車鈴。

不過，公車停的這一站，比我們預定要去的地方提前了一站。但是都已經按下車鈴，不下車也很尷尬。於是我們只好下車，從前一站往四条河原町的十字路口走過去。

到四条河原町沿著大馬路的拱廊商店街，那裡開設了速食店、洋裝店等等。另外，在速食店及洋裝店之間，交錯著香店、和菓子店、和服店等等，富有傳統氣息的店家，飄散著一股交織古都及都會風情的獨特氣氛。

尼采一到約定碰面的場所，立刻拿起手機打電話。「喂，齊克果嗎？你在哪裡？喔，原來如此。那麼，我們在這裡等你。」尼采說完這幾句話就掛斷電話。

「他往這邊過來了。」

「你說，他叫齊克果？他是一個什麼樣的人呢？」

「雖然有怪癖，不過，是一個好人，妳看到他就知道了。」可能是因為懶得說明，尼采隨口岔開了話題。

不知道會出現什麼樣的人？我有點緊張。與其說期待，不如說是因為尼采說他「有怪癖」，所以我擔心會不會出現個性乖僻的怪胎，總之有點緊張。

---

40 Søren Kierkegaard（一八一三～一八五五），丹麥哲學家。被多數學者尊稱為存在主義之父。

另外，尼采在公車上說，除了他，還有幾個人也被派到現代世界，我心裡有些在意。是因為我在斷緣神社參拜，所以才安排了尼采還有其他哲學家，來到現代世界嗎？

自從尼采出現之後發生了不可思議事情。我也受到尼采的影響，稍微對事情思考得更深入了，不過，與其說是自己的思考，應該說只是受到尼采的思想影響。我處在總算接受眼前不可思議的現實階段。

「好像是齊克果！喂！我們在這邊！這邊！」

尼采似乎發現人行道對面是要碰面的人，拚命地向他揮手。人行道那邊有一個明顯身高鶴立雞群、穿著詭異服裝的人，朝我們這個方向點頭打招呼。

「等等！尼采，齊克果是那個……」

「是的，妳很機靈嘛！就是他！」

「那個人光看外表就很可疑！大熱天竟然穿長外套，而且還頂著魔術師的高帽子。怎麼看都像提姆•波頓[41]電影才會出現的人。難道他是在角色扮演？還是在過萬聖節？」

不愧是尼采口中有怪癖的人。在這種氣溫超過二十五度的大熱天，穿著全黑的長外套、全黑的套頭上衣、全黑的長褲，還戴著一頂有如魔術師黑色大禮帽的人。

他把大禮帽戴得很深，所以看不太清楚他的長相，但是仍然醞釀出一股「怪人」的氛圍。四周的人都帶著看到怪物的表情不時瞄著他。

「尼采，那個人果然很不對勁，大家都一直盯著他看耶。」

「沒問題，不需要那麼驚慌。」

「可是，你看，現在那邊有幾個女高中生在偷拍他喔！」

「因為他很受歡迎……睜一隻眼閉一隻眼就好了。」

「真是的，不要隨便敷衍我啦！」

就在我們說話之際，交通號誌已經變成綠燈。戴著大禮帽、身穿黑色長外套，打扮奇特的他，已經往我們這邊跑過來。

「喂，齊克果，好久不見了！」

「尼采，這裡說話不太方便，我們到後面的咖啡店吧！快！」

「喔，說得也是，快走吧！」

41 美國電影導演。曾執導《陰間大法師》、《剪刀手愛德華》、《怪奇孤兒院》等多部電影作品，以黑暗、死亡的風格聞名。

他們兩人快步地往後面的巷子移動。雖然不知道他們為什麼要這麼匆忙，但是我快步追上他們，往那個男人指定的咖啡店跑過去。

我們到達一家單獨座落在高瀨川靜靜流經的木屋町通上的咖啡店。一拉開洋溢著昭和懷舊風情的木門，裡面的布置和外觀截然不同，令人不禁聯想到沉沒於海中的西洋建築，飄散出一股如夢似幻的氛圍。

店內照明以藍色調統一風格，裡面雖然沒有魚，卻像是蓋在水中的西洋建築。店內流瀉著音樂盒風格的ＢＧＭ，和著煮咖啡的咕嘟咕嘟聲，醞釀成一股童話世界的氣氛，煮咖啡的聲音有如在水中吐氣般，更誘使我們沉浸在一股幻想的氛圍裡。

畫作及古董裝飾在白色牆面，以妖異的藍色燈光照明，我們踩著狹窄的階梯，走上二樓的沙發座位。

「哇，很棒的咖啡店嘛！」

「尼采能夠喜歡真是太好了，這裡的果凍相當美味唷！」

「果凍很好吃嗎？」

「很好吃。應該說非常好吃！啊，抱歉現在才自我介紹，我叫齊克果。」

男子以右手摘下大禮帽，風度翩翩地旋至胸口處輕輕一禮，微微地笑著，揚起一股好聞的麝香味。

這是怎麼一回事？我情不自禁地倒吸了一口氣。剛剛在禮帽的遮掩下沒察覺，他細緻的鼻梁、毫無贅肉的雙頰、帶著憂鬱而纖長的雙眸。齊克果是不折不扣的美男子！

「……妳被迷住了嗎？」尼采指著我吃吃笑了起來。

「別亂開玩笑……」我連忙否認，但是內心確實有點後悔沒打扮就匆忙出門。

「呵呵，就是嘛！你不要捉弄她！」齊克果露出靦腆的笑顏。果然不論怎麼看，他都有一張姣好的面孔。

「嗯，抱歉，我是亞里莎。」

「亞里莎？God dag[42]！亞里莎！」

「亞里莎，齊克果是丹麥的大少爺。他有一張很適合誘惑女性的帥臉吧？」

「嗯。確實長得很帥。」

---

42 丹麥語的「早安」。

「沒這回事。尼采別說得這麼誇張。先別說這些，你們要不要先點個東西？」

他說完以後，向店員點了三客果凍。

過沒多久，果凍送到，檸檬黃、粉紅、寶藍、水色果凍散發出宛如彩色寶石的光彩，美麗得如同花窗玻璃。

「哇！這個果凍好漂亮！」

「呵呵，喜歡比什麼都好。」

「吃起來好像檸檬蘇打的味道。」尼采似乎很喜歡這個果凍，立刻安靜地吃起來了。

「齊克果還真喜歡美麗的事物呢！」

「嗯……是呀，我喜歡美麗的事物，以及哀愁。」

以往，我一聽到「哲學家」，腦裡總會浮現認真而頑固的臉、陰沉印象等類型的人。相對於愛諷刺、但是開朗的尼采，齊克果的個性莫名地帶著寂寞的哀愁。

「亞里莎小姐喜歡哀愁嗎？」

「哀愁？你說的哀愁，是指沉浸哀傷的那種情緒嗎？」

「唔，對我而言，哀愁就像情人。不論待在什麼地方，一旦沉浸在哀愁裡，就會覺得眼前的世界看起來很美。」

「我沒想過這個問題，不知道為什麼總覺得開朗或正面想法比較好。」

「總覺得……嗎？」

齊克果說完，目光移向手邊的果凍，暫時沉默了一會兒，然後緩緩開口：「亞里莎小姐擁有『**主觀真理**』嗎？」

「主觀真理……是什麼意思？」齊克果說出了一個我從來沒有聽過的詞彙。

「嗯，比方說我喜歡全黑的打扮，所以追求這樣的穿著。但是，對我而言，我覺得好看，和流行無關。主觀真理就像是『對個人而言的真相』。」

「對個人而言的真相？」

「是的，例如時下流行的打扮或髮型，假設妳全身都打扮成現在流行的樣子走在路上。如果這個流行的髮型或打扮對妳而言，妳覺得『有點土氣』，那麼『有點土氣』就是『主觀真理』。」

「也就是類似自己的心情嗎？」

「這個嘛，與其說是自己的心情，不如說是『我如何看待這件事』的意見。我總是思考著『自我』存在的意義。」齊克果舉起手上的玻璃杯，繼續說：「例如這個杯子。『這個杯子是用什麼做成的？』或是『水對人類而言是什麼樣的存在？』等等的討論，對我來說並不重要。」

我認同他的想法。課堂上提到的哲學家，談論的主題多半是「有關國家」、「有關神」的看法，然而，學習國家或是神的存在，總覺得跟自己距離很遙遠，所以我對哲學家的印象是「喜歡談論艱澀問題的人」。然而同樣是哲學家，齊克果卻說出「並不重要」，這樣的話讓我大吃一驚。

「我對於『實際證明』神是否存在沒有興趣。但是既然我活著，我認為相信神，更能認真地面對生存這件事。所以我希望我相信神，而且也相信有神。我想說的是，我所追求的是自己為了什麼而活？應該如何活著。」

吃完果凍，閒閒沒事做而玩著手遊的尼采，暫停手上的遊戲，起著鬨說：「不愧是存在主義的先驅！丹麥的尾崎豐[43]！」

「饒了我吧！太誇張了！」齊克果看似有點難為情，卻不太抗拒尼采的讚美。

我陷入一種不可思議的氣氛，彷彿自己不是自己。可能是這家店神祕的藍色照明，或者是齊克果太脫離現實的話題，不知道為什麼，我覺得自己的人生突然浪漫了起來。

過去我總以為自己的人生，大概就是循著高中畢業，然後讀大學、就業、結婚這樣的未來藍圖，我從沒有認真去思考過：人生有什麼意義？我為了什麼而活著？我總覺得與其思考為了什麼而活，這樣波瀾壯闊的主題，還不如面對更實際的目標採取行動。對這樣的我而言，齊克果說的事情，就好像從高空中俯瞰這個世界，具有一種神祕感。

「亞里莎小姐，有關剛剛說的『主觀真理』。」

「嗯，你還沒說完？」

「剛剛我說過『主觀真理』，這是『對我為真的真理[44]』，相反的則是**客觀真理**。」

「客觀真理？什麼是客觀真理？」我反問齊克果，他笑了笑，表情更嚴肅了。

「客觀的真理就是一般的事實。以剛剛的例子來說，就是類似『流行的穿著打扮』。只要看了流行雜誌，就知道現在正在流行的穿著打扮。『現在自然風的打扮最受歡迎』是客觀真理，但是『雖然流行自然風，我還是喜愛全黑的打扮』，就是主觀真理。」

---

43 日本歌手。於二十六歲時猝世。他所創造的歌詞充滿少年反骨的叛逆，對抗學校體制、社會，勇敢呼喊愛與夢想。

44 齊克果的思想推翻黑格爾亦此亦彼的客觀真理，而是以非此即彼（Either／Or）採取主觀真理的論點。

「唔……客觀真理就是和個人想法無關，而是指客觀存在的事實？」

「是的，我認為現代人不是追求主觀真理，而是傾向把『客觀真理』照單全收。」

「傾向把『客觀真理』照單全收……」

這麼一說，我的想法或許也有把『客觀真理』照單全收的傾向。感嘆家族的形式，或許也是因為全盤接收一般人觀念中「家族就應該是這個樣子」的「客觀真理」，我內心不禁浮現這樣的疑問。

「我認為現代社會已變成了大眾隨波逐流為客觀真理的『**水平化時代**』。」

「水平化時代？」

「是的，不去追求自身內在的意見，而是隨波逐流，一般人說好就是好的時代，其中若是缺乏感動，就沒有個性可言。即使其中確實持有個人意見，對於某件事傾注熱情的人，只要和大眾脫節，就會被他人認為那傢伙是一個怪胎，甚至輕蔑的時代。」

「因為就大眾的角度來看，有個性、保有主體性的人是『嫉妒』的對象。若是肯定有個性的人的生存方式，自己的生活方式就變得渺小無趣。」

「的確。心裡想著生活充滿熱情的人好厲害！相反的，因為和自己的生活方式差異過大，反而想要嘲笑對方，我明白這種心情。」

「嘲笑對方的人，不是把時間花在自己的人生，而是花在嫉妒他人的人生。換句話說，**『毫無激情地活著，自己的世界將會受到嫉妒支配』**。」

時間不是花費在自己的人生，而是花在嫉妒他人的人生。毫無激情地活著，自己的世界將會受到嫉妒支配——我發現自己無法抬頭挺胸地說，以往完全把時間運用在自己的人生。人生的時間看似無窮，卻分分秒秒不斷地流逝。對我而言，能夠燃燒熱情的生活方式是什麼呢？在沒有這個概念的狀況下，時間只是殘酷地不斷流逝。

「齊克果先生，謝謝你告訴我這麼多道理。」

「不客氣。剛剛亞里莎小姐是不是想著，『原來人生比想像中來得短』？」

「咦？你怎麼知道？剛剛我的確有點放空了……」

「呵呵……那就是哀愁。我很喜歡沉浸在這種哀傷的氣氛。**『青年對希望抱持幻影；老人對回憶抱持幻影。』**不論到了幾歲，或許人都會有忘情的時候。」

原來如此，這就是哀愁嗎？的確，沉浸在哀愁的時候，現在活著的這一個瞬間，我覺得世界很美麗，我懂了。

「啊，時間差不多到了。我接下來還有約，不走不行了。抱歉。請幫我結帳！」

「啊，對不起，多少錢呢？」

「沒問題，我請客。」

「咦？可是……」

我正要拿出錢包，尼采說：「不用在意，齊克果是大少爺。」

經尼采這麼一說，我接受好意，說了好幾次「多謝招待」之後離開店家。

一走到外面，天氣依舊悶熱，但是大白天的熱氣稍微緩了些。

齊克果對我們說：「Farvel[45]，尼采、亞里莎小姐。」然後便消失在鬧街的另一邊。

「怎麼樣？他是個好男人吧？」

「嗯，和你完全不同類型。原來哲學家也有人這麼一本正經。」

「不同類型？那是讚美嗎？」

我不理會尼采的問題，和他一起搭上公車回家。齊克果和尼采同樣附身在他們覺得

45 丹麥文的「再見」。

適合的人身上，但是齊克果的美感和我相當接近。

回家途中，尼采喊著：「好熱，熱死了！這種時候要是能吃冰淇淋，最棒了。」他似乎想買冰淇淋，因此，我們就到便利商店。

沒想到尼采一進便利商店，不是走到冰淇淋賣場，而是站在那裡閱讀流行雜誌。

「尼采，你不買冰了嗎？」

「要買。妳先看一下這個。」尼采翻開手上的雜誌。

這是怎麼回事？雜誌「街頭快拍」單元，以滿版的篇幅刊登手持大禮帽的齊克果。

「咦？這不是齊克果先生嗎？怎麼了？為什麼報導他？」

「他好像是頗受歡迎的讀者模特兒。你看，這裡還製作成特集，『哀愁的麗人・齊克果本月哀愁穿搭』。」

「我完全不知道……」

「妳還記得嗎？剛剛我們看到他的時候，不是有一群女高中生在拍他嗎？他在那個圈子好像很受歡迎。妳怎麼什麼都不知道？是不是多讀一點流行雜誌比較好？」

「你有資格說我嗎？」

我怎麼也沒想到，齊克果竟然是最受歡迎的讀者模特兒，原來如此，所以他才會那麼急著躲進咖啡店，而不是因為被什麼危險人物尾隨跟蹤。

我自認有一件事我必須反省，我對於有個性的事物，有不自覺抗拒的壞習慣。

「要不要買下這本雜誌當作紀念呢？再說，我也很想看看什麼是哀愁穿搭？」

「妳已經成為他的粉絲了？齊克果雖然有意思，但是還有其他有趣的傢伙……」

「我也開始有點期待了呢！」

「嗯，妳也成長了一些，或許時機差不多到了……」

尼采說完便走向冰淇淋櫃，他手指不斷捲著瀏海，自言自語著：「要買哈根達斯的新產品嗎……」、「九州白熊冰好像也很不錯……」他猶豫不決地挑選著冰淇淋。

雖然我不知道下次碰到的哲學家會是什麼人？一想到不要拒絕太有個性的人物，試著去接受對方，我覺得又增加了一項樂趣。人生，不是為了要表現給什麼人看，而是燃燒自己的熱情，我衷心期盼能過這樣的生活。

“毫無激情地活著，
自己的世界將會受到嫉妒支配。”

——齊克果

5／即使征服了全世界，卻喪失了自我，又有什麼意義呢？

我以為晴朗的天氣會持續下去，最近這幾天卻似乎完全進入了梅雨季，我在雨聲中醒來的日子變多了。

下雨的天氣，心情也變得很鬱悶。如果是晴朗的好天氣，放學或打工回家之後，還有可能出現去哪裡晃晃的欲望，最近除了在學校和打工的地方往返以外，我都是直接回家。

京都市區內，雖然有好幾條電車路線，但是比起電車，搭市公車才是主流。更正確地說，或許腳踏車才是真正的主流。出去玩的時候，雖然腳踏車比較便利，但是停車場比較少，如果停在商店附近，經常會被拖吊。萬一被拖吊了，就必須到京都市的邊陲地帶，總之相當遠的地方取回來，所以腳踏車也不盡然很輕鬆。但是，最近持續下雨的關係，我沒機會騎腳踏車，都是搭公車往返，更讓我深刻感受到騎腳踏車的樂趣。

「總覺得最近一直下雨好煩唷！」

「亞里莎，妳這麼容易受天氣影響，是無法成為超人喔！」

尼采一邊滑著手機，一邊念念有詞。就算發生了討厭的事情，尼采也很少因此而悶悶不樂。雖然可能是我主觀的想像，但是一說到哲學家，印象中都是一些喜歡講長篇大論、個性晦暗、負面思考、有自殺傾向等等的個人偏見。所以，我每每都很驚訝於尼采的正向樂觀。或許也有個性灰暗的哲學家，但是像尼采這樣自信滿滿的哲學家，搞不好比我想像中來得多。

我正看著尼采想著這些事時，他突然皺起了眉頭。「糟了！齊克果陷入憂鬱模式。」

「咦？怎麼了？」

「前一陣子不是才跟齊克果見面？妳看他的推特。」

尼采說著把手機拿到我面前。我看到推特上，每隔幾分就出現「我真的很絕望」、「我好想死」、「＃正陷入絕望的人ＲＴ[46]」……

「咦？他還好吧，要不要緊呀？」

「沒關係，他從以前開始就有這個毛病。該說他比較纖細呢？還是說脆弱多病？」

「上次跟他碰面時，完全看不出他生病的跡象。」

「他就是俗話說的那種陰情不定的傢伙。應該不要緊吧！」

雖然尼采已經習慣了，沒有不太在意，但是我還是有些擔心。也許齊克果有什麼煩惱，聽聽看他怎麼說比較好吧？傾聽哲學家齊克果的煩惱，聽起來好像有點奇怪，但是說不定他有一個無法解決的事情，邀約他一次看看吧！

「尼采，約齊克果先生出來聊聊吧！」

「不過，他是屬於一個人找答案的類型。」

「或許是這樣沒錯，但是我想知道像他這樣的哲學家會有什麼煩惱……」

聽我這麼一說，尼采用手指捲著瀏海，暫時陷入深思，「好吧！說不定他能提供妳成為超人的提示。」他聯絡了齊克果。

我原本以為齊克果現在心情很沮喪，應該不會回應，沒想到他竟然很爽快地說：

「好，我過去。」

我們就在雨中，前往了位於烏丸御池的日式甜點老店。

---

46 Retweet。推特的發文格式，轉推的意思。

穿過町家的門簾，齊克果就站在那裡。他依然是全身黑色的打扮，戴著宛如隨時會飛出鴿子或兔子的大禮帽。齊克果和上次見面的樣子截然不同，他縮著肩膀、駝著背，全身散發出說不出的暗黑，飄散著一股「負能量氣場」站在那裡。

「喔，God dag。尼采、亞里莎小姐……」齊克果有氣無力發出隨時會死的微弱聲。

「還好吧？你看起來簡直像死神。」

「啊，我不要緊……」齊克果依然低著頭回答。

我們坐在一家甜點老店的町家建築裡面，一個能看見中庭的位置。中庭有一整面薄薄的青苔，上面種植樹木、擺著一只有金魚泅泳的古老大水缸。下雨而濡濕的中庭傳來泥土香，混合著店內焚燒的線香氣味，讓整家店充滿著懷舊的味道。

店內靜靜地流瀉著彈奏日本雅樂的傳統和琴聲，和雨聲交織成悅耳的聲音。我們點了浸在色彩繽紛的糖漿、入口滑嫩柔軟的寒天甜點，也是這家店有名的甜點「琥珀流」，我開口向齊克果一探究竟。

「抱歉，或許是我們太多管閒事了，你到底怎麼了？」

「啊，沒什麼大不了，只要持續下雨，我的心情就會變得憂鬱，難以從苦惱中掙脫，於是忍不住在推特上渲洩……」

「原來如此，最近確實雨下個沒完沒了。」

「是的，正確地說，我不是苦惱，而是受到『**自由的暈眩**』侵襲。」

「自由的暈眩？」齊克果說了一句我沒聽過的話。

「自由的暈眩？怎麼聽起來像是一首歌。」

齊克果緩緩開口說：「是這樣的，自由不就表示『具有可能性』嗎？我時常因為『具有可能性』而感到不安。」

「對於可能性感到不安？」

「比方現在我走出店外衝到馬路上，我可能會被車子撞到而發生交通事故？」

「嗯，沒錯。」

「這就是我說的對可能性感到不安。」

這個人到底是在說什麼鬼呀？齊克果過度極端的發言，讓我整個傻眼。我完全不懂齊克果究竟想表達什麼。

「唔，你要是突然衝到馬路上，是有可能會被車子撞到，但是你不會這麼做吧？」

「我當然不會這麼做。我說的並不是『可能會遇到車禍的百分之零點零一的機率』，而感到不安。」

「那麼是什麼意思呢？」

「由於自己的行動使得自己的人生改變了，因而產生的不安。」

「不過，這不是一件很棒的事嗎？」

「可是，妳想想看，妳曾經想過今後的人生會怎樣嗎？」

我陷入了沉思。在我眼前浮現的未來沒有意外、也沒有開展，我覺得會就這樣隨著時間不斷地流逝，眼前浮現的是再平凡不過的情景。

「唔，會變成怎樣呢？大概是上大學、就業、工作一段時間之後，和某個人結婚、生小孩，生活穩定之後二度就業吧？抱歉，老實說我沒有認真想過。」

「那麼，對妳而言，這樣的生活方式像妳自己嗎？」

「唔，你問我像不像自己，我也不知道。我只是認為應該是這樣吧。」

「那麼，妳是為了什麼而活著呢？」

為了什麼而活著呢？前幾天也提到這個話題，這是一個我從來沒有想過的問題。

如果說我的出生本身就是目的，那就是為了幸福而生。但是，對我而言，幸福是什麼呢？如果有人這麼問我，我能夠想到的只有：每天快快樂樂、過著不後悔的生活。如果有答案的話，或許是一件輕鬆的事情，但是我絲毫沒有可以稱為明確目標的東西。

「大概是為了幸福而生吧？我不曉得，我一直都是隨波逐流……」

「亞里莎小姐，『我們可以做某些事，也可以什麼都不做』。」

「你的意思是？」

「我們一直都是自由的。正因為自由，所以可以靠自己做到某些事，但是反過來說，正因為自由，也可以什麼事都不做只是活著。」

「正因為自由，什麼事都不做只是活著？」

「是的。比方，一提到『做出某個選擇』，人們很容易認為做某個選擇而付出行動，但是，『做出某個選擇』，不僅僅是做某個選擇，也可以選擇不採取任何行動。」

「什麼都不做嗎？」

「是的。比方，有位男性感嘆著『工作辭不掉』，但是他並不是真的辭不掉工作，只不過是選擇『不辭掉』而已。」

「為什麼？也許實際上他真的無法離職呀。」

「為什麼會『無法離職』呢？」

「像是，來自主管的施壓、經濟的壓力……」

「那並不是無法離職，而是寧可無視主管的施壓、經濟壓力，選擇不想辭職。」

「不是的，也許實際上的確有難以處理的現實問題。」

「那就是他做了『優先考量現實問題』的選擇。」

「優先考量現實問題的選擇……」

「是的。或許人們自己沒有察覺，人活著就是不斷的選擇。做了什麼選擇，有可能是不做任何選擇，或者只是沒有想到其他選項。」

「這又是什麼意思？」

「比方，有個人不知道要選A還是B。假設這個人選了A。也就是說，他放棄了選擇B的可能性。或者，雖然他煩惱著要選A還是B，但是實際上他還有C的選項。這種情況下，他等於放棄了B和C的可能性。」

「也就是對發生的事感到後悔嗎？」

「沒錯。當你做了什麼選擇，也就意味著誕生『所放棄選項的可能性』。」

「這麼一來，或許會為了沒有選擇的可能性而感到後悔？」

「是的。我們是自由的。能夠自由地生存，就表示可以自由選擇，或者是『選擇什麼都不選』。」

齊克果打開放在桌邊的菜單，他說：「也就是說，假設我從這個菜單當中選擇刨冰，就等於我放棄了品嚐冰紅豆湯圓、蕨餅的機會。當然我也可以全部都選，但是人生當中，絕大部分的情況是無法全部都選……雖然感覺不好過，但這就是現實。咳……這麼一想……啊啊啊！沒有挑選的可能性，幾乎要把我殺死了！」

我正想著齊克果會露出一副想不開的表情，他突然發出詭異的聲音喘不過氣來。

「齊克果，冷靜點！亞里莎，給他水！不要擔心，不存在的東西殺不了人！來，深呼吸。好，吸吸呼、吸吸呼……」

「尼采，你那是拉梅茲呼吸法，那是生小孩用的，齊克果先生，冷靜！慢慢地吸氣，吐氣，好了沒事了。」

「對不起……嗚，我真沒用。」齊克果眼眶含著淚水，慢慢地調整呼吸。

「別介意。不過，聽了你剛剛的解說，我瞭解那樣的心情，與其說選擇很恐怖，不如說感覺很沉重。」

「沒錯，冰紅豆湯圓、蕨餅也很美味，你這麼一說，我也猶豫了。嗯。」

尼采右手不斷捲著瀏海，一邊盯著手上的菜單。確實每道甜點看起來都很好吃。

「這就是『自由的暈眩』。光聽到『可能性』一詞，或許會抱著正面的印象，然而，所謂的可能性，是還未造訪的未來。換句話說，是什麼都還沒發生的『無』。

我們必須藉由人生中的各種選擇，打開無的未來。未來不是被動給予，而是基於自己的選擇去創造。自由的我們可以做出任何選擇，正因為如此，可能因為自己的選擇而放棄未來。對於自己的選擇亦會伴隨著不安。這麼一來，做選擇就會感到些許的焦慮，而且愈是伸手可及的時候，愈是焦慮。」齊克果稍微恢復了冷靜，這麼回答。

「愈是伸手可及的時候，愈是焦慮。」這是什麼意思呢？我對於這句話非常在意。

「你所謂的『伸手可及的時候』，是指什麼時候？」

「比方妳明天突然要參加司法考試，妳有什麼想法？妳覺得自己會合格嗎？」

「咦？不可能不可能，絕對不可能合格。因為我從來沒唸過司法的書。」

「對於會不會及格，會焦慮嗎？」

「不會。一開始就知道不可能及格，談不上什麼焦慮不焦慮……」

「沒錯，就是這樣。人們會感到焦慮，不會是明知不可能、遙不可及的事物，而是對於似乎伸手可及的事物。」

「似乎伸手可及的事物？」

「是的。那麼以考試為例吧。妳認為妳有機會考上第一志願的大學嗎？」

「唔，雖然我不確定，但是比剛剛的問題更有真實感。」

「那麼，假設妳去參加考試，會對考試結果感到不安嗎？」

「應該會不安吧。」

「因為考試的結果和妳的未來相關，對吧？而且，也是因為妳覺得有勝算，所以會焦慮。當然也是不希望過去的努力徒勞無功，希望有更好的結果，所以對於似乎伸手可及的事物，感到焦慮。正因為有如願以償的可能性，所以對於無法如願以償而感到不安。所謂的不安，並不是表現在諸事不順，而是面對擺在眼前眾多的可能性。」

「原來如此，因為有如願以償的可能性……」

「是的，像是寫信給電視上經常看到憧憬的男偶像，告訴對方我喜歡你，妳會焦慮對方是否會回應妳的心情嗎？」

「如果有期待，我就變成怪胎了。」

「那麼，如果是寫信給喜歡的學長，向他告白呢？」

「就算表面裝作不在意，還是會緊張到心臟快跳出來吧？」

「可能性讓我們看見夢想，相對地也帶來焦慮。而且在充滿焦慮的人生中，你必須要做的不是逃出自由，而是誠實以對。不能以逃離焦慮為目的來選擇道路，你必須誠實地面對焦慮。不受焦慮左右，自我欺騙。」齊克果說完，喝了一口送來的茶。

我把茶捧在手上，等著茶涼下來。一時之間，我只能聽到窗外傳來靜靜的雨聲。

「亞里莎小姐，即使對未來感到焦慮，也不可以放棄自己唷！」

「怎麼了？怎麼又出現尾崎豐式的臺詞……」

「我認為這是『**不自覺的絕望**[47]』，有時候人們未曾意識到自己處在絕望中而陷入絕望。如果有自覺倒也還好，然而，多數人都是處在絕望中卻不自覺。」

聽到齊克果這句話，我瞬間感到胸口鬱悶。「處在絕望中卻不自覺？」

「是的。其實已經迷失了自己，卻不自覺地欺騙自我。比方，社會上的風潮都要求人們目光要朝向正面、開朗、開心的事情！但是，不管任何時候都保持正面、開朗、愉快，遮掩心情的結果，就會在不知不覺中迷失了自己。」

「你是指什麼事情？」

「這麼說吧。抱持正向思考，也可以說是維持高度的熱情。然而，一定要正向思考才行！如果形成強迫的觀念，就不再是正向思考。而是無視自己的心情而已。這只是受到一定要正向思考才行的強迫觀念拘束，而掩蓋了自己的心情。

堅信自己很幸福也是一樣。就算內心有疙瘩或不滿，卻因為外在的因素，強迫自己相信『我是幸福的』。所謂外在的因素，例如買名牌，過著可以向別人誇耀的生活。藉此告訴自己：因為有錢買得起這麼昂貴的名牌，比別人更高貴，所以比別人更幸福。

有錢能夠自由選擇的範圍就會擴大。可以住在喜歡的地方，購買喜愛的東西，類似這樣的選擇也會增加。但是，選項的範圍增加，並不等於人生滿足。當一個人什麼都買得起的時候，過往想要的東西就會瞬間黯然失色；想去那裡都能隨心所欲時，就會開始覺得外出變得麻煩。而且，就算備齊可以自由做任何選擇的充足條件，如果不是發自內心想要，也很難說是幸福。」

「這樣啊，任何事物都能到手，未必就是幸福！」

「用我的話來說就是，**『即使征服了全世界，卻喪失了自我，也毫無意義』**。」

「原來如此。」

「沒必要去做一個看起來幸福的人，重要的是誠實面對自己的人生。停止置身絕望卻毫無自覺，而且繼續欺騙自我。另外，還有一件事。」

47 出自《致死之病》。前後文為「絕望是心靈之病，是自我之病」，因此它可能採行三種形式：未曾意識到擁有自我的絕望（不應稱之為絕望的絕望）、不欲成為自己的絕望、欲成為自己的絕望。

「還有？」

「人生沒有絕對，所以沒有必要十分有把握才去挑戰、過度在意實際上要不要緊？焦慮沒有極限，無底洞的焦慮，愈想窺看愈看不見深處；愈想愈覺得嚴重。但是，像這樣過度去挖掘焦慮，因為沒有極限所以不會有終點。換句話說，思考過度只是徒勞無功。『**生命只能從回顧中領悟，但是必須在前瞻中展開**[48]。』焦慮於眼前而變得膽小，就像是自我滿足。人生就應該『大膽嘗試』，以京都的諺語來說，則是『抱著必死的決心，從清水寺高臺往下跳』。」

齊克果說到這裡，開始吃放在桌上的招牌甜點「琥珀流」。

雖然我內心被齊克果的話所打動，卻感到些許焦慮。「誠實地面對焦慮，不可以因為焦慮而欺騙自我。」

或許我無法直接面對焦慮與寂寞而陷入絕望，但是坦白地面對自己的心情非常重要。然而，坦白面對自己的心情，同時也會感覺到自己的處境很悲慘，或許放棄面對家人也是相同的狀況。

一定就是這樣。這就是絕望的開始。我不願意承認自己很悲慘，所以緊閉內心，告訴自己我一點也不寂寞。焦慮是深淵。愈往裡窺看，愈會受到暗影的牽引。但是，一味地畏懼一定不行，看穿焦慮，採取行動也是重要的事情。「大膽嘗試、抱著必死的決心，從清水寺高臺往下跳！」對現在的我來說，或許最欠缺的是下定決心付諸行動。

窗外的雨，比我們來的時候下得更大，因為下雨所以說服自己不要外出也沒關係很簡單，但是這麼做的同時，時間也一分一秒地流逝了。眼前似乎永遠下著沒完沒了的雨，雨總有停的時候。在雨停以前，避免只是一再尋找讓自己可以接受的藉口而結束一生，一定要去做現在可以做得到的事。

雖然我的內心焦慮，但是第一次對自己的人生產生熱愛。

「對了，亞里莎小姐……」

「還有什麼事嗎？」

「唔，這實在太美味了！澄澈透明的甜味，加上神祕的翡翠綠糖漿！啊！我該如何捕捉這樣的美麗？相機也難以捕捉這種無法言喻的感受！」

齊克果從口袋拿出手機，「我要把它上傳到 IG！」他口中念念有詞地開始拍照。

48 原文為：Life can only be understood backwards; but it must be lived forwards.

「是、是嗎？」

「這家店實在太棒了！可以列進我人生的殿堂，我立刻就想再來！」

齊克果的心情似乎變好了。我用湯匙舀起翡翠綠的琥珀流送入口中。

做了某個選擇，同時產生沒有選擇的可能性。當我們進行得不順遂時，或許會為了沒有選擇的可能性而痛苦。或許這就是基於自己的脆弱而產生的？又或是自由伴隨而生的恐懼。無論如何，這些可能性無窮無盡，深不見底，只能正視著前方。我一邊想著，一邊嘴裡含著琥珀流。

清涼的涼薄荷香氣在口中擴散開來，我想著今天選擇來這裡真是太好了，邊咀嚼著清爽的香甜。行動，有時會帶來沒有預期的喜悅呢。

6／健康的乞丐比病篤的國王更幸福

夕陽灼熱地照射著鴨川，河面彷彿鏡子反射，令人眩目不已。

我和尼采去了一間位於出町柳車站附近的日式點心店「雙葉」，買了豆餅之後再一起回來。因為和尼采頻繁見面，我們變成了好朋友，但是即使交情變好了，也不是男女朋友的那種感情。

就像小學生不會介意男女的性別，一起玩捉迷藏的關係。上了國中之後，男生會開始在意女生，女生開始在意男生，第一次難以建立長久的友誼。我和尼采在一起的時候，內心莫名地感到懷念。

尼采一有空閒、或是心血來潮，就會跑來我家。我們不需要顧慮，聊著彼此感興趣的話題。今天也是這樣，早上因為看了電視節目播出的甜點特集，於是我邀尼采：「我們去買這個來吃吧！」

出町柳車站是連繫大阪和京都的京阪本線起點，也是通往京都北邊叡山本縣的首站，所以不分日夜，來往的人潮十分洶湧。

我們走向蓋在離出町柳車站路程大約五分鐘的店家「雙葉」。雙葉的「豆餅」，外觀看起來很像普通的紅豆大福，不過帶著淡淡的鹽味，以Q彈的麻糬包著紅豆餡。就連平日，雙葉的客人也絡繹不絕，我們大約排了三十分鐘，順利買到豆餅之後，再走回出町柳車站。

然後，就在我們打算回家吃豆餅，在車站前等著公車之際，一個陌生的男人突然叫住我們。

「咦？這不是尼采嗎？好久不見了！」

回頭一看，眼前站著一個穿著高貴、中古世紀歐洲貴族打扮的男人。年齡大概四十五歲以上吧！一頭白髮、下巴蓄著鬍鬚，白色絹織襯衫以及酒紅色背心，脖子上誇張地繫著雪白的絲巾。

剛參加完婚禮要回家？還是執事咖啡廳的店員？總之他的打扮很奇特。男人朝著我的方向輕輕點頭打了招呼。但是尼采只瞄了男人一眼，隨即視若無睹，一聲不吭。

「我們很久沒見了，幹嘛這種冷淡呀。」男人皺著眉，毫不客氣地拍著尼采的背。

「你還真是一點都沒變，華格納。你怎麼會在這裡？」尼采口氣帶著不滿，狠狠地瞪著男人。

「我是因為音樂系大學生醉心於我的樂曲而許下祈願，所以我才降臨現代世界。現在又在這個地方遇到你，我們也真是有緣。對了，你在這裡幹什麼？是要到下鴨神社參拜嗎？」男人一臉不懷好意地笑著問尼采。

華格納？我好像在哪裡聽過。啊，對了！尼采之前說過，以前他們曾經是好朋友！他好像說是同樣崇拜同一位哲學家，音樂同好的關係。

「真不巧，我不是要參拜。你在這裡我才覺得奇怪，你要幹什麼？」尼采以不客氣地口吻回答。

「你說我？我在附近的教會擔任婚禮伴奏。現在正要去『悲觀主義的他』。」

「『悲觀主義的他』？真令人懷念。」

「你也很久沒見到他了？要不要一起來？還是說，你忙著約會？」華格納露出讓人覺得很不舒服的笑容。怎麼搞的？這傢伙，連我都覺得有點噁。

「說的也是，偶爾也無所謂吧？那麼我就過去吧！亞里莎也一起來！」尼采連看都沒看我一眼就這麼說。

「什麼！不用了，你們自己去吧！」

「不，我認為妳應該跟他談談比較好。機會難得。」

「是喔？那麼我就打擾一下好了！」

「那麼，往這邊走。」

尼采和華格納朝著往鴨川反方向的京都大學走。他們兩人沒什麼交談，只顧朝著目的地，宛如競走般快速地往前走。

從車站開始，過了京都大學之後，又走了十分鐘左右，尼采提醒我注意，「從這裡開始小心腳下！」他們兩人穿過山路中間龐大的鳥居，便快速地往山上前進。

「咦？要去哪裡？這裡是山上耶！」他們對於我的疑問不理不睬，依然如同競走般快速往山路走去。以他們的速度，我如果不卯足全勁加快腳步跟上，恐怕會跟丟了。我氣喘吁吁地拚命小跑步在陡峭的山路上，以免兩人的身影消失在我的視線裡。

我爬上山路盡頭，兩人似乎已經到了目的地的模樣，一確認我趕到了，便指著前方的山中小屋。

「亞里莎，就是那裡。要走到那邊唷！」

「什麼？是那間看起來像鬼太郎的妖怪小屋嗎？」

尼采所指的方向，有一間陳舊的小屋。那是一間有著巨大的厚重稻草覆蓋住的屋頂，以古法建造的山中小屋。簡直就像水木茂[49]筆下的「妖怪屋」，飄散出一股古老寺院境內，渾然天成又沉重詭異的氣氛。

「什麼？那棟房子看起來好像裡面住著山中老妖，搞不好正磨著菜刀準備攻擊我們，不好吧。」

「亞里莎，妳在說什麼夢話？我去過好幾次了，別擔心。妳看太多《日本民間故事》才會有這麼荒謬的想法。走吧！」說完他們兩個人便進入山中小屋。

我決定姑且相信尼采，戰戰兢兢地推開古老的大門，沒想到裡面出乎意外地是具有

49 日本漫畫家。知名漫畫作品《鬼太郎》作者，擅長畫妖怪漫畫，綽號「妖怪博士」。

現代感的空間。一張簡潔的珍珠白桌子，配置著幾張白色皮革沙發，高高的天花板上旋轉著吊扇。店裡的櫃檯處，一個造型有如大喇叭、附金色擴大機的圓筒留聲機，正流瀉出古典音樂。

「哇！好厲害……」

我從沒見過格調這麼高、這麼美的空間。只看外觀還以為是恐怖山中老妖的住家，一進店裡，彷彿進入另一個世界。悠揚的小提琴樂聲，伴隨著飄散在空氣中的咖啡香。

「雖然好久沒來了，這裡還是一如往常。」

尼采和華格納在店裡的沙發坐下來。我姑且也跟在尼采的旁邊坐下。店裡除了我們，沒有其他客人，開闊的空間中響著優雅的古典樂聲。

「我覺得這裡好特別，也許我會喜歡這裡。」

平時我很少聽古典樂，最多只有看牙醫時，聽到診所播放的古典樂 CD，也不會主動找來聽。光是聽著平時不常聽的音樂，就產生一種宛如來到異國的解放感。

沉浸在樂聲中片刻之後，一個男人從店內的櫃檯後方，幫我們送水過來。他看起來應該超過五十五歲了，一頭白髮稀疏、目光銳利看似不好相處的男人，朝我們的座位走了過來。雖然說是做生意，但是他的臉上毫無笑容，就像一個性情頑固的長輩。

男人目光銳利看了看我們，隨即把水杯往桌上用力一放，嘟囔著：「原來是你們，我還以為是誰呢……」

男人沉重的聲音、嚴肅的表情，讓我不由得正襟危坐。

「唉呀呀，好久不見。」華格納站起來，向看似店長的人打招呼。

尼采依然坐著，輕輕點了頭。

「你要喝什麼？」男人神情嚴肅地問尼采。

「那麼，我要可可。不，還是點抹茶呢？」

「所以你到底要什麼？抹茶？還是可可？」

「兩個都有的話，就兩個都要。」

「我要虹吸式咖啡。」華格納滿面笑容地回答。

男人寫下兩人點的飲料，接著瞪著我。「妳要點什麼？」

「呃，請問有什麼？」

「什麼都有。」

「那麼我要柳橙汁……有嗎？」

聽了我的回答，男人再次筆記之後，匆匆走回櫃檯。

確定男人的身影從眼前消失之後，我悄聲問尼采：「喂，那個人是誰？他看起來好可怕……」

「沒什麼好怕的，那傢伙向來都是這副德性。」

「沒錯，妳不需要擔心，他一直都是那個樣子。對了！我還沒問妳的名字。我叫華格納，妳呢？」

「我的名字是兒嶋亞里莎。」

華格納聽我這麼一說，他張大了眼睛，露出驚訝的表情，突然大笑起來。

「COSIMA……妳叫柯西瑪？好令人吃驚的名字呢！哈哈哈！」華格納笑著瞅了尼采一眼。但是尼采完全不理他，只顧著滑手機。

「華格納先生，我想問你，我第一次見到尼采，他也是問我，是不是叫柯西瑪，這是怎麼回事？誰是柯西瑪？我不姓柯西瑪，我的姓是兒嶋。」

華格納笑著說：「那是我和尼采共同的熟人。柯西瑪是一個很出色的女性，尼采對她很有好感。只不過，尼采始終是單相思。」

「閉嘴！你懂什麼？」尼采臉色突然大變，對著華格納怒吼。

原來如此，尼采會那麼驚訝，是因為我的名字和熟人一樣。雖然我不知道柯西瑪是什麼樣的人，不過，她和尼采及華格納的交情似乎非比尋常。

「華格納先生，回到剛剛的問題，那個人究竟是誰呢？他看起來好恐怖。」

「嗯，他是這家店的老闆。名字叫叔本華。也是我和尼采都認識的朋友。不過嚴格來說，不能算朋友，我們都是他的粉絲。」

尼采再度狠狠地瞪了他一眼。「華格納！我早就不崇拜他了。」

「算了算了，不要露出那麼恐怖的表情。就算你已經不崇拜他了，他的想法還是有些道理。怎麼樣？那麼久沒見面了，反正今天兒嶋也在，不妨聽聽他說什麼。」

「什麼？不用了，還是算了吧！他看起來超可怕的。」

「別擔心，兒嶋！怎麼樣？尼采，可以吧？」

「……隨便你。」尼采看都不看華格納一眼，冷淡地回答。

店長一把可可、抹茶、咖啡和柳橙汁送來，華格納立即熱情地開口問：「叔本華，這個孩子好像對你的思想有興趣，有時間分享嗎？其他客人來以前也行……」

我在心中不斷禱告，「拒絕他、拒絕他，拜託拜託！」但是老天爺沒聽到我的請求，店長擺著一張臭臉，在華格納旁邊坐了下來。

我只好死心，做好了覺悟，開口對店長說：「店……店長，你好。」

「我不叫店長，我叫叔本華。」

「啊，對不起……叔本華先生，你好。」

「妳好。」

「這家店真的很棒，音樂也很好聽。這是什麼樂曲？是巴哈嗎？還是誰的曲子？」

聽我這麼一問，叔本華的目光立刻充滿殺意地瞪著我。

「對……對不起！」

「是羅西尼[50]。」

「什麼？」

「這不是巴哈，是羅西尼！妳……竟然連這個也不知道，幹嘛來我的店？」

「對……對不起！（羅西尼是什麼？是餐廳會賣的那種長型蘇打餅乾嗎？）」

「算了算了，叔本華，這孩子的音樂造詣不像我們，原諒她吧！兒嶋，羅西尼是義大利作曲家。叔本華非常喜愛羅西尼的音樂，所以他才會經營這家古典樂咖啡館。」

「原來如此……我太孤陋寡聞了……對不起。」

「音樂是從這個充滿苦惱的世間解脫、解除苦悶的鎮靜劑。雖然無法從苦惱中永遠逃脫，但是在聆聽音樂的期間，心靈是平靜的。」

「的……的確沒錯。」

「妳叫做兒嶋？」

「是的。」

「妳聽好了！我不擅長跟女性相處，就算妳是女人，我也不會對妳特別和善。」

「我知道了……」為了掩飾沉重的壓迫感，我拿起桌上的柳橙汁啜飲了幾口。

「我為了這個世界上充滿的苦惱……正確來說是，世界充滿了苦惱，活著就是苦惱。妳知道為什麼嗎？」

「為什麼呢？我不知道。」

「那是因為，『人生有如鐘擺，在痛苦與倦怠之間擺動[51]。』」

「有如鐘擺？」

50 焦阿基諾・安東尼奧・羅西尼（Gioachino Antonio Rossini），義大利作曲家。

51 出自《作為意志和表象的世界》，但在《人生的智慧》中叔本華又對這句話進一步詮釋與補充。

「是的。人生就是在痛苦與倦怠之間周而復始。」

「痛苦與倦怠？為什麼呢？」

「要說為什麼，那是因為人類有『欲望』。」

「欲望？」

「是的。欲望會帶來苦惱。也就是說，欲望和苦惱是兩面一體的。」

「欲望和苦惱是兩面一體？」

「欲望和苦惱是切也切不斷的關係。當欲望產生，苦惱就接踵而來；當欲望被滿足，就會產生倦怠的苦惱。」

「具體來說會怎麼樣呢？」

「怎麼說呢？喂，尼采，你現在有想要的東西嗎？」

「想要的東西？唔，我現在想要稀有的 SR 武器吧？」

「稀有武器？你要上戰場？」

「不是，我說的是遊戲。如果有 SR 武器，遊戲就更容易過關了。」

尼采把手機上顯示的遊戲畫面，拿給叔本華看。

「原來如此，那麼我就以這個稀有武器作為例子來說明吧！人類都有欲望，假設以

『我想要擁有比現在更厲害的武器』這個欲望來說，當欲望產生，苦惱也隨之而生。妳知道這是怎麼一回事嗎？欲望的產生，也就是意味著『想要的東西現在我沒有』的苦惱產生了。換句話說，切也切不斷的欲望和苦惱有連帶關係。到目前為此，妳能夠瞭解嗎？」

「是的，我似乎瞭解了。心裡產生『想要某個東西』，其實也就意味著我現在並沒有擁有那個東西。」

「沒錯。那麼，假設妳現在玩扭蛋得到 SR 武器。妳認為得到這個 SR 武器之後，就能永遠滿足嗎？」

「嗯，剛到手的時候或許會很開心，但是可能會想要更強的武器吧！」

「沒錯，兒嶋。妳還滿有慧根的嘛！就算厲害的武器到手，滿足了欲望，也不會是永遠。過了一陣子以後，就會渴望其他東西。對現在所擁有的感到不足，總有一天會厭倦。也就是被『倦怠』侵襲。被倦怠侵襲會怎麼樣呢？妳會再度出現新的『欲望』，但是也意味著『苦惱』即將應運而生。」

「原來如此，一直不斷循環？」

「沒錯。欲望產生（苦惱也產生）↓欲望被滿足↓厭倦而感到苦惱↓再度產生新欲望（苦惱也產生）的循環。也就是說，人類為了排遣無聊而擁有欲望，當欲望滿足又再度陷入無聊。就像玩著永無止境的你追我跑的遊戲。」

「唔，人類是很容易覺得膩的動物。」

「現在妳大概可以明白我說的，『**人生有如鐘擺，在痛苦與倦怠之間擺動。**』這句話是什麼意思了嗎？」

「是的。換句話說，當達成某一個目標，或是得到某件渴望的東西，到頭來還是無法因此而滿足，過不了多久就想要其他東西。是這個意思嗎？」

「沒錯，因為『**財富好比海水，你喝得愈多，愈是口渴**[52]』。人類不會因為追求欲望而滿足。欲望愈無窮無盡，心靈愈枯竭乾涸。就像喝海水無法解渴，只會覺得喉嚨愈來愈焦渴。」

「說的也是，海水……可樂也是類似的狀況。」

「的確和海水一樣，有甜味的果汁，也是愈喝愈渴。人類是欲望很深的動物。追求權力、名聲、財富。如果你問我：『得到財富和名聲就會幸福嗎？』答案是否定的。因為人類具有『一半客體』和『一半主體』的兩面性。」

「一半客體和一半主體？」

「是的。如果要問這是怎麼一回事，不妨想像音樂劇或舞臺劇的演員。演員站在舞臺上扮演著各種不同角色——有公主、大富豪、或者是像奧斯卡那樣的女扮男裝的迷人角色……這些角色就是『一半客體』。換句話說，處於什麼地位、擁有多大的財富、什麼容貌，根據扮演的角色，『從別人眼中看到自己的客體』。這個一半客體包藏禍心，一半客體只對人類有間接的影響。但是人類卻會追求客體，所以我說它包藏禍心。」

說到這裡，叔本華對我們說：「我也口渴了，請等我一下。」便回到櫃檯後面。

說真的，叔本華說的話有點難懂。我實在跟不上他的步調，尼采說的我還勉強可以瞭解，叔本華說的話在我腦中不斷地迴繞，速度太快根本來不及消化。或許這也證明他是一個頭腦很好的人吧。

他剛剛說的一半客體……我完全聽不懂。我小聲地問尼采，剛才叔本華說的話是什麼意思，小心翼翼地避免讓叔本華聽到。「尼采！」

---

52 We can wealth than to the sea, the more drink, the more thirsty, so are reputation，一句出自叔本華《人生的智慧》一書。

「幹嘛？」

「叔本華剛剛說的一半客體，是指什麼？什麼意思？」

「哦，那個呀……」

「你能不能換一個簡單的說法，說給我聽？」

我這麼一問，尼采一如往常用手指捲著瀏海，思考了一會兒之後，緩緩地開口說。

「也就是說，一個人的職業和地位，並非這個人的一切。」

「蛤？什麼意思？」

「換句話說，假設有一個經營某家資訊公司的年輕帥哥實業家A社長。」

「嗯。」

「這個人從他人的角度看來，就是以『一半客體』來看，就是某公司的A社長。」

「是的。」

「A社長年輕、長得帥、事業又成功的這一面，也就是A社長的『一半客體』，但是他本身還有另一個『一半主體』。不只A社長，所有人都具有兩面性。」

「唔，也就是說，『一半客體』是在社會上的角色、地位、印在名片上的頭銜？」

「可以這麼說。也就是他人眼中客觀的自己。某公司的A社長、A社長的太太B之類的，就像是頭銜。叔本華要說的應該是『一半客體』、『一半主體』和苦惱、快樂的關係吧……只要用心聽應該就可以瞭解，這也是為了妳的成長。嗯，才說曹操，曹操就到。」

叔本華從櫃檯後單手拿著咖啡再次回到座位。

「讓妳久等了。我剛剛說的『一半客體』，妳聽懂了嗎？」

「是的，我瞭解了。是這個意思吧，所謂一半客體，就是類似他人眼中的自己？」

（這麼說應該沒錯吧）

「沒錯。妳的悟性不錯嘛！怎麼了？華格納，什麼事情這麼好笑？」叔本華訝異地看著華格納。

華格納坐在叔本華旁邊交疊著手臂，右手掩住嘴巴吃吃地笑著。

我對華格納拚命眨眼發出強烈暗號，「不要多嘴……」

尼采則擺出一副與我無關的撲克臉，輪流喝著可可和抹茶，再順勢往嘴裡塞了抹茶附的茶點。

「不，沒事。呵呵……請繼續。」

「搞不懂你在笑什麼，那我就繼續說了。」

「說的也是，麻煩你了。」（看樣子我用眼神傳出的訊息成功送達）

「所以妳已經明白剛剛說的一半客體，就是他人眼中的自己。接下來，我就繼續說明有關一半主體的部分。」

「一半主體？」

「是的。我剛剛不是說音樂劇的角色是一般客體，一般主體是飾演的人，也就是其中的人。」

「其中的人？」

「是的。把人生轉換成音樂劇來看。換句話說，人類在社會上就像在音樂劇中扮演各種角色。想像一下，有些人是社長、有些人是精英社員、有些人是人人欣羨的明星。」

「嗯，我可以想像。」

「光從外在來看，每個人都光芒耀眼。不論是社長、精英社員或影星，都擁有財富和名聲。但是至於他們幸不幸福，無法從外觀決定，而是由其中的人決定。」

「我不懂這是什麼意思？」

「也就是說，有錢、有名聲、外表看起來是否風光，這些都不是直接幸福，而是間接因素。金錢、名譽無法直接帶給人們幸福，得到金錢或名譽，會覺得開心而產生幸福的氣氛。妳知道這是為什麼嗎？這意味著，覺得幸福或快樂是一半主體。也就是說取決於自身的感性，一半客體則是職業、金錢……等等表象因素，無法直接作用。」

「取決於自身的感性？」

「沒錯。人類必須小心不要過度尋求表象事物來獲得幸福。妳知道為什麼嗎？例如，和男朋友約會去 Wolfgang's 享用美味的頂級牛排。兩人沉浸在幸福的氣氛下吃，以及男朋友一張臭臉提出要分手邊吃頂級牛排，妳認為哪一種情況下會覺得牛排好吃？」

「哦，一邊談分手一邊用餐會覺得很討厭吧？再美味也吃不出來了，或者說心情沉重……都沒胃口了吧？」

「為什麼會有這樣的差異呢？」

「唔，因為自己的心情很低落？」

「是的，這就接近我剛剛說的自身感性，也就是說，現在說的美味牛排，只不過是表象因素。即使在不愉快的心情下用餐，或許某種程度上，仍然會覺得美味的牛排好吃。但是，可能感受不到至高的幸福或快樂吧？因為表象因素在幸福的感受上只有間接影響。或許美味的牛排有它的價值，但是吃了以後是否能感覺到幸福，最終的判斷還是在自身。因此，這才是我認為重要的『一半主體』。」

「結果，無論吃多麼奢華或是多麼美味的食物，在心情低落的情況下吃，就感覺不到幸福？」

「是的。不是發生過這樣的狀況嗎？現實生活中大家都羨慕不已的明星或成功人士，因為心情低落，最後結束了自己的性命。從外人來看，或許會覺得納悶，『他不是很成功嗎？為什麼會自殺呢？』這是從『一半客體』來看，看起來幸福。但是從當事人才瞭解的『一半主體』來看，根本不覺得幸福，而是受苦惱所折磨！換句話說，人類雖然無止境地追求財富、名聲，但若是真的如願以償時，真的幸福嗎？卻又不是如此，因為這些畢竟都是間接的。比起自己擁有的事物，在他人眼中看起來是什麼模樣，內心健康更能直接帶來幸福。」

「是嗎？內心健康……這才是重要的？」

「我說的不是感情用事，而是用理性邏輯的觀點。追求一半客體，也就是說追求財富或名聲，與其順從他人的價值觀而活，不如磨錬一半主體，也就是磨錬自己內在的感性，能夠更有效地感受到幸福。**『健康的乞丐比病篤的國王更幸福』**。」

「原來如此。不過，有件事我很在意，照這個想法來看，不就變成叫大家不要追求成功或名聲了嗎？」

「為了避免妳誤會，我先聲明。我並不是指：為了生活，連必要的事物也可以不要。我想說的是，財富或名譽的多寡高低，和幸福的比例沒有關係。即使坐擁鉅額財富，要維持、也必須花費許多心思及顧慮，這些心思及顧慮，也就表示需要操心的事很多。換句話說，擁有鉅大財富，就有可能在精神上操更多的心。另外還有一件案例，經常可以在有錢的大少爺身上看到。有錢卻缺乏精神上的充實，即使家財萬貫，往往只會將財富耗費在短期的快樂上……妳有辦法想像這樣的人嗎？」

「嗯，這個嘛！即使很有錢卻覺得寂寞，或者無法滿足時，為了填補寂寞空虛，而把錢花在購物或花天酒地？」

「確實如此。例如父母過世而繼承龐大遺產的大少爺，或是突然中了彩券的人，如果心靈匱乏，就算擁有一筆鉅財，很快地也會散盡家產……這是有原因的。」

「有原因？」

「這是心靈匱乏和空虛，所引起的無聊最後造成的。為了彌補空虛，追求短期的快樂。花天酒地、滿足虛榮心的購物，有如轉瞬即逝的泡沫……」

「人類總是傾向追求容易瞭解的表象事物，也就是金錢、名聲、奢侈品等等，缺乏精神層面思考的結果，終將因此而自我毀滅。」

「自我毀滅？似乎是很沉重的話題呢！」

「『**精神上的貧乏，將吸引表象的貧乏**』。試圖以表象的事物填補內心的空虛，是癡人說夢。例如，想要以買醉來發洩空虛的心情，最後將造成金錢上的負擔。

精神貧乏的人，透過購物來填補不滿足的心情，最後只會留下一身卡債。以暴飲暴食來消除壓力的人，健康會亮紅燈。吸毒也是一樣。依賴表象事物來發洩內在空虛，最後將造成一切貧乏而殘破不堪。結論就是，唯有保持健全的內在，才能幸福。」

「原來如此，再怎麼追求表象的幸福，還是無法從根本獲得滿足。」

「介意他人眼中的自己，過度重視他人的意見，是人類的一種瘋狂。我們平時所擔憂、勞苦的事情，一半以上是對他人的顧慮、過度在意他人意見而產生的。受到虛榮心、名譽、自尊心束縛，就是過度在意他人眼光的表現。透過他人的眼光，讓自己知道自己具有更高的價值，這並不是自己內在的意見。

妳不覺得很奇怪嗎？自己的內在，對自己沒有自信、真憑實據，但是受到他人稱讚，就認定自己『我很厲害』，『我很厲害』是奠基在他人認定的基礎上。因此，人類為了滿足虛榮心，拚命裝模作樣。『**虛榮使人健談，驕傲卻讓人沉默**[53]』。所謂的驕傲，是對自己有自信、感到自豪。充分擁有自信的人，不會受到他人的目光或意見左右，但是，無法對自己引以為傲，內心沒有餘裕的人，為了獲得他人的讚許，只好拚命地矯飾偽裝。到頭來，內心沒有餘裕，一味地強調自己有多厲害，自讚自誇。人們必須內心有餘裕才能保持沉默。」

「原來如此。但是我有一個疑問，在沒有他人肯定的情況下，對自己充滿自信，不就是自戀嗎？沒人說你很厲害，但是卻自信滿滿地說：『我很厲害！』與其說這很難做到，不如說會這麼想的人，根本就超級自戀……」

「妳會有這種想法，是因為妳太過在意別人對妳的觀點。的確，有時候會造成誤解，即使如此又如何呢？這世上根本不存在絕對的判斷標準。即使有人批評擁有自信的

---

53 Vanity talkative, but let a person quiet pride，一句出自叔本華《人生的智慧》。

人，『那傢伙是自戀狂』，也不能因此讓自信心受到左右。批評的人是因為他們一無所有才批評，只要這麼想就好了。有自信的人，不會依賴他人的肯定。不被他人是否肯定所影響，能夠自信、自豪，不會因為雞毛蒜皮的事情而挫折。因為他人的肯定而建立了自信，冷靜地想一想，妳不覺得這個思考模式很奇怪嗎？不要因為他人的評價而一喜一憂被耍得團團轉，我認為內心先確立自信是第一要件，這也符合我剛剛說的，一半客體和一半主體。一味地追求表象，重要的內在卻空蕩蕩的，完全沒有意義。首先要穩固基本盤的內在，其次再追求表象事物，我認為這才是上策。」

「總而言之，一味在意他人的評價或眼光，是不可能幸福的。」

「是的，就是這樣。」尼采聽著我們的對話，頻頻點頭稱是。「也對，就像是完成沒有自信的 APP，擔心上架之後風評好不好，不如推出絕對有自信的 APP 再上架吧！」尼采口中唸唸有詞像是說給自己聽。

叔本華銳利的眼神、嚴厲的口吻，或許就是來自他的思想。訴說該重視的不是他人，而是自己的態度，他簡直就像一名武士。正因為叔本華禁欲而嚴苛的思考，所以才會有這麼嚴肅的神情，我一邊想一邊看著正在喝咖啡的叔本華皺著的眉間。

尼采說，「不要抑制欲望，應該積極地活下去。」

齊克果說，「我認為真理才是最重要的。」

叔本華則說，「人生充滿痛苦，感性才是最重要的。」

他們三個人面對生存都殫精竭力地思考，抱持著獨樹一格的思想。對我而言，生存又是什麼呢？我是不是也能在未來的某一天，抱持著屬於我自己、能夠堅定對他人闡述的堅毅信念呢？

我不經意地看向窗外，天空似乎開始滴滴答答地下起雨來。窗外茂密的樹林在涼風吹拂下，樹葉窸窸窣窣地搖晃著。店裡流瀉著優雅的小提琴樂聲，和樹林輕巧地響動，巧妙地融合在一起，使我的心情舒適而平靜。

「人從來就是……痛苦的。」叔本華的聲音十分傷感。

「看看大自然，心靈夠得到療癒。尤其是看著月亮的時候，我的內心格外高潔。因為即使看著月亮，也不會產生把月亮占為己有的欲望。純粹與自己無關，只為月亮的美而感到喜悅。」

「我能理解這樣的心情。看著月亮和天空的時候，單純因為大自然的美而感動，就像被深深吸引般地看得目不轉睛。這樣的感受我懂。」

「把月亮占為己有，或是想要獨占，沒有這類欲望刺激的時光非常崇高。雖然我說人從來就是痛苦的，但結果是，生存就是無法逃離彼此擊倒對方。萬物具備了想要讓自己生存得更好，而產生擊倒對方的意志。而且欲望無窮無盡，所以只會在痛苦和無聊之間周而復始。我們忍耐著這樣的苦惱，終於生存下來的結果，最後還是無法戰勝死亡，死亡終有一天會到來。」

叔本華鏗鏘有力卻哀傷的聲音說出的每一句話，在我的內心深深敲響著。叔本華描述的世界和尼采雖然有點不同，我似乎可以理解。尼采所描繪的世界，是熊熊燃燒的火紅。叔本華描繪的世界，則是深海般地藍。寂寞、沒有出口、沉靜而孤獨的世界。他所說的話，為什麼讓我聯想到哀傷孤獨的世界，我也不知道，但是卻在我心中留下了寒冷的夜晚，一人孤伶伶站在海邊的印象。

活著，是一件美好的事嗎？或者，就像叔本華說的，是一件痛苦的事？對我來說，兩者都沒有真實感。我並沒有春風得意過著每天都精彩的日子；但也不是每天都活在痛苦、艱難、煩惱的生活中。只是隨波逐流地過日子。

活著，究竟有意義還是沒意義？雖然有許多的想法掠過腦海，卻支離破碎不成形，即使我想抓住，也縹緲地從指縫中溜過一樣抽象，我仔細想也抓不住重點。

這時候，門口響起叮鈴聲，有人開門進來。是單手拿著觀光簡介，脖子上掛著相機的兩位外國觀光客，一副神情愉快的模樣環視著店內。

「有客人來了，那麼今天就說到這裡。」叔本華立刻站了起來。

「今天實在太謝謝您了。我回去會再仔細地思考。」

「是嗎？隨妳便。」叔本華粗魯地這麼拋下一句，就走回櫃檯。

尼采隨即起身：「那麼，我們回去吧！」他在桌上放下飲料錢，便走向門口。

「華格納先生，今天非常謝謝您。」我為了追上尼采急忙站起來，向華格納道謝。

「沒什麼大不了的。兒嶋，要跟尼采好好相處。那麼，下次再見。」華格納坐在沙發上嘻皮笑臉地說著。

我向華格納匆匆行了禮，便連忙趕追上尼采。一走出店外，外面輕飄著毛毛細雨。

「尼采，等等我。」我叫住走在前方的尼采，然後一起往來時的山路走回去。

尼采悶不吭聲，只是默默地快步前進。我完全無從得知尼采現在在想什麼？是怎樣的心情？

「尼采，那個！」

「唔？怎麼了？」

「你以前曾經很喜歡叔本華的書？」

「是啊。」

「為什麼現在不喜歡了呢？」

「嗯，他的思想，我雖然有很多地方認同……嗯，那麼，妳認為原因是什麼？」

「唔……我不是很確定……叔本華和你所說的，或者說你們在腦子裡所描述的世界，氣氛有點不同。」

「怎麼樣的不同法？」

「嗯，很難說明。尼采像燃燒的火紅；叔本華則是深暗的群青藍。叔本華說的是比尼采更深沉的世界。雖然你們兩個人也不是完全不一樣，就像陰與陽……」

尼采的手指不斷地捲著頭髮，嘻嘻地笑著。「那麼妳就照妳說的繼續想想看。」

「咦？為什麼？你直接告訴我不就好了嗎？」

「亞里莎。」

「什麼？」

「這才是哲學思考。」

「哲學思考……」

「不是一切照單全收，抱持懷疑，試著思考屬於自己的想法，才是哲學思考。」

「屬於自己的想法？」

「是的。不是人云亦云，而是嘗試自行咀嚼體會。再去聆聽叔本華說的也沒關係。但不是囫圇吞棗，而是聽了以後，抱持著懷疑去思考。」

「原來如此，這就是哲學思考嗎？說得沒錯，嗯，我來試試看！」

「就這麼做。還有，豆餅要快點吃。我都忘了，放太久會變硬。」

「說的也是，快點回家！」

我們小心翼翼地注意腳下避免滑倒，快步走下山路。青白色的月亮掛在天空，告訴我們夜晚已來到。我凝視著光輝卻帶著哀傷的美麗月色，細細思考著屬於我自己對於月亮美感的意義。

“財富好比海水，
你喝得愈多，愈是口渴。
——叔本華”

7／人是被詛咒為自由

京都繁華街的四条通上，形形色色的人們今天也形成熱鬧的街景。提著高島屋百貨大紙袋的老夫妻、肩上背著螢光色購物袋，踩著高跟鞋快步行走打扮入時的女性、穿著整潔制服修學旅行的學生們，小團體成群結隊悠閒漫步著。

柏油路蒸發著熱氣的四条通，除了來往交錯的行人對話聲、櫛比鱗次的店家流瀉的音樂、還夾雜祭典音樂聲。敲擊和太鼓的震撼聲響、輕快的鉦[54]音、以及開朗的笛聲，形成絕佳搭配，具有古都祭典的神祕性，彷彿讓妖異感在鬧區中顯得更加突顯。

「唔，已經到了這個季節了嗎？」

我看著四条通上還在組合階段的祭典花車，感受到

54 一種銅製的打擊樂器，形似鐘而狹長。

季節的更替。七月的京都有祇園祭。

祇園祭，是祇園八坂神社的祭典法事，包括：稱為「吉符入」的驅邪儀式、稱為「神輿洗」的潔淨神輿法事等等，大約為期一個月的祭典。以四条通為中心，山鉾[55]會在京都鬧區巡行的「宵山祭」，民眾會穿著浴衣參與的熱鬧慶典，則只有其中幾天而已。

但是，宵山祭前後也有其他的法事，所以一進入七月，京都街上到處可見，祇園祭熱鬧繽紛的景象。這段時期，面對鴨川沿岸的餐飲店鋪，戶外會開放「鴨川納涼床」的座位，鴨川沿岸則會掛起店家的紙燈籠，是一只弧型而帶著溫暖的燈光，在夏風中搖曳著裝點出夜色。

我從學校走回家，沿途兩手提著大紙袋，滿頭大汗，小心翼翼地不要碰撞到他人，通過四条通走向祇園方向。紙袋裡裝得是大拍賣買來的洋裝。

七月既是祇園祭的季節，也是大拍賣的季節。四条通周邊充滿百貨公司、流行服飾店面，以及祇園祭的熱鬧區域，所以這個時期，這附近比平時更加熱鬧好幾倍。

我從流行服飾大樓林立的四条河原町十字路口，走往三条通鴨川沿岸，那裡有一家星巴克就座落在三条通鴨川河岸，還設置了露臺咖啡座。

就在這個時候，有人叫了我的名字。

「亞里莎！好久不見！」

我回頭尋找聲音來源，看到下野前輩的身影。

「咦？下野前輩？」

下野是我打工時認識的前輩，大我三歲。她是一個開心果，也是一個光彩奪目、個性開朗的美女。

下野前輩就讀一間聚集了許多打扮花俏、女生可愛而聞名的女子大學。位於校園金字塔頂端位置的下野，有一雙令人聯想到小動物般圓滾滾的眼睛、柔順漂亮的茶色頭髮、天生友善的個性，是一個受大家喜愛的耀眼女性。

我剛開始打工時還不熟練，她時常體貼地輔助我，總是笑臉和我攀談，是一位很照顧新人的好前輩。沒多久，下野前輩就辭去打工，所以後來我們就沒什麼往來，現在的

55 祇園祭的高潮之一是山鉾巡行，具消災祈福的象徵意義。

她看起來比以前更耀眼了。

也許是白色連身洋裝，加上一絲不亂、有光澤的捲髮的緣故，她散發出引人注目的女性魅力，就連同樣身為女性的我也感到有些緊張。

「亞里莎還在原來的地方打工嗎？」

「是的。下野前輩現在上大二嗎？好久不見了。」

「哈哈哈，不要叫我下野前輩啦，就跟以前一樣叫我小狸就好了！」

在打工的地方，大家叫都叫她小狸。可能是因為她圓滾滾的眼睛、齧齒類動物的臉型就像海狸一樣。雖然我不清楚外號的由來，但是打工的地方大家都叫她小狸。

「啊，說的也是。那麼，小狸最近好嗎？」

「那當然！不過，我最近幾乎都在打工，很少去學校。」

「是喔？妳現在在哪裡打工？」

「啊，我現在在木屋町的少女酒吧[56]打工。對了，下次要不要一起吃飯？乾脆來辦聯誼？」

「聯誼？對不起，我沒參加過耶。」

「說的也是，妳還是高中生嘛！不過，完全不用介意唷！是這樣的，我們店長一天到晚囉哩囉唆要我幫他介紹可愛的女生。我又不能跟大學同學講打工的事。拜託，就當作可以免費吃大餐，抱著輕鬆的心情來玩就好了。」

「是喔？可是我會緊張耶。再說，應該有比我更適合的女生。」

「拜託啦！我的朋友當中都沒有像妳這種，給人感覺這麼清純的女生。我周圍的朋友都是比較浮誇型的。妳可以答應我嗎？」

小狸雙手合十放在嘴邊，她仰著頭彷彿窺視我的反應。

看著她水汪汪、惹人憐愛的神情，原本打算拒絕到底的我，情不自禁地一口答應了，「好，我去。」

「哇！太棒了！」她天真無邪地笑開了，「這個星期日怎麼樣？我再跟妳聯絡唷！」說完，她便往木屋町通的方向走去。

不過是和陌生人碰面，對很多人來說沒什麼大不了的，但是我總有些抗拒。再加上

56　Girls Bar。從調酒師到服務生九成以上是女性的酒吧，但有別於色情營業的酒吧，不從事色情服務，客群以年輕男性為主。

對方是成年男性的話，我更不知道要跟對方聊什麼才好。學校有男朋友的同學不計其數，如果我的個性更積極一點，或許也會過著為戀愛雀躍不已、多彩多姿的高中生活吧。我一邊這麼幻想著，一邊呆呆地凝望著初夏的風拂過鴨川沿岸露天高臺，以及來往交錯的人們。

當天晚上，尼采帶了伴手禮來我家。尼采總是突然來訪，有時來得很頻繁，有時幾乎一整個星期不見人影，或許他具有貓的習性。今天尼采看起來心情特別好，他帶來老字號店舖「いづ重」（Izuju）的鯖魚壽司伴手禮。我一如往常地把茶端給尼采以後，放了座墊坐在沙發對面。尼采用鼻子哼著歌，拆開放在桌上的鯖魚壽司。

「今天心情特別好呢！有什麼好事嗎？」

「心情特別好？我看起來心情好？」

「嗯。你的喜怒哀樂都寫在臉上。」

「呵呵，我今天去幫忙做祇園祭的粽子。」

「祇園祭的粽子？那是什麼？」

「町家門口不是常放著這種裝飾嗎？用三角形的竹葉編成，用來保平安的裝飾。妳沒看過祇園祭有人在賣嗎？」

「好像有看過，又好像沒看過……是什麼粽子？包麻糬的嗎？」

「祇園祭的粽子不是麻糬，是除厄保平安的裝飾。町內會召集大家幫忙做，所以我今天去參加了。不過，做那個需要很大的專注力，沒想到我很有天分，町內會的伯母都很驚訝地問我：『你真的是第一次做嗎？』哈哈哈。」

「咦？原來如此。」（想也知道應該只是客套話吧……）

「哎呀，我也很驚訝自己竟然有這個才能。我的動作俐落又正確，所以比預定時間還早完成。這個鯖魚壽司就是伯母買給我的謝禮。」

「原來如此。這個很好吃喔。我爸很喜歡常買回家。壽司飯和了昆布高湯充分入味，超好吃的。」

我們天南地北閒聊之際，桌上的手機發出震動。我看了一下，是小狸傳來的訊息。

嗨！今天謝謝妳☆ 星期日在祇園燒烤店十九點集合！

順便寄店長的照片給妳看（笑）

不愧是小狸，動作真快，或者說她很快就可以跟人熱絡。她寄來的照片可能是在店裡照的，因為光線暗，照片裡的人眼睛有紅光，是看不太清楚長相的一張照片。

「怎麼了？一個人看著手機在傻笑。」

「沒有啦，一個朋友，也是前輩，她邀我去聯誼。我沒有聯誼過，所以很緊張。她剛剛傳照片給我，但是照片太糊了，看不清楚，我在想寄這張照片到底有什麼用……」

「什麼照片，借我看一下！」尼采說著湊過來看我的手機。

「啊，這不是沙特[57]嗎？原來妳認識他？」

「咦？他是誰？你是指這個男人？」

「是的，他是沙特。」

「怎麼回事？你跟他很熟？」

「嗯，說很熟，因為他是哲學家，我也打算找一天帶妳去見他。既然妳跟他有約，豈不是正好？妳剛剛說聯誼？妳該不會是現在流行的那種大叔控？」

「我才不是大叔控。你看後面不是有拍到一個女的？這個女生原本是我打工的前輩，她現在打工地方的店長好像就是這個男人。哎，我要跟這種人聊什麼才好？還是拒絕比較好吧？」

「店長？沙特經營什麼店？」

「唔，前輩跟我說是少女酒吧。」

「少女酒吧？聽起來就不正經。不過，依照沙特的個性，也不難理解。」

「怎麼說呢？」

「沙特酷愛女色。不過去一趟沒關係。就算覺得緊張，也是很好的經驗。萬一事態不妙，就報上我的名字。我想妳還未成年，應該不會有什麼問題。還有，如果妳要去少女酒吧，絕對要跟我說。一定要記得這點！為了安全起見，我會空出時間隨時待命。」

「嗯。好。『事態不妙，就報上我的名字』，感覺好像黑道大哥喔……我知道了。我想，應該不會去少女酒吧。總之，星期日我會去見他們。」

沒想到我只是口頭答應久違的下野前輩的一句承諾，結果會是這樣的發展。我莫名地覺得胸口一陣騷動，摻雜著幾分緊張。第一次有這樣的感受。

---

57 Jean-Paul Sartre（一九〇五～一九八〇）。法國哲學家。將存在主義發揚光大的重要人物。

從三条至四条一帶鬧區，挾著鴨川的西側和東側，街上的氣氛南轅北轍。西側的木屋町、先斗町，一到夜裡就擠滿了喧嚷的大學生和上班族，外國觀光客或約會男女，就顯得突出。

但是隔著鴨川，位於東側的祇園區域，則是充滿了那種頂著美容院吹整過的髮型，穿著套裝或和服，打扮妖艷的酒店公關、穿著昂貴，表現出成人在經濟上的餘裕，一看就是有錢人的大叔，以及穿著白襯衫及背心，跑到便利商店買東西的酒店小弟。平時白天的街道上無法看到，夜世界的居民們全在夜晚的祇園，伴隨霓紅燈的妖艷色彩現身。

約定碰面的燒烤店，就位在祇園區內。祇園中林立著高級俱樂部，上了新橋石板路旁就是約定的燒烤店。因為我很少來這一帶，這一帶完全和自己無緣、有如耀眼奪目迷宮的祇園，所以我看著地圖 APP 走免得自己迷路了，好不容易才找到這家店。雖然我挑選了我所有衣服中看起來最成熟的洋裝，站在店門前等待的時候，還是擔心自己看起來會不會很奇怪？這時，我突然聽到背後有人大聲鳴按著汽車喇叭。

回頭一看，眼前停了一臺漆黑發亮的凌志轎車。車體如鏡面般黑得發亮，一塵不染，車窗全貼了暗色車窗紙，汽車前方的金色凌志標誌閃閃發光。明顯地飄散出一股氣氛不怎麼莊重的轎車，副駕駛座的車窗搖了下來，小狸的臉從車窗出現。

「亞里莎，我們先停車，妳稍等一下唷！」

車內播放著長渕剛的〈巡戀歌[58]〉，但是我看不清楚駕駛座上男性的長相。我照著小狸說的，就站在店門口繼續等待。沒一會兒，小狸便和駕駛座上的男性一起出現。

駕駛座的男性身穿直條紋雙排扣西裝，戴著黑框眼鏡，頭髮全部往後梳。雖然皮膚沒有日曬痕跡，但是銳利的眼神，給人一股精明不能等閒視之的印象。我心裡立即升起一股不安，「不會吧？要跟這種好像石原軍團[59]成員的人一起吃飯？」我不由得有股身置險境的預感，手心不斷地冒汗。

掀開燒烤店氣派的門簾，裡面的陳設彷彿高級旅店。玄關插著氣勢磅礴的當季鮮花，溫暖的間接照明，洋溢著高級感的木頭樑柱，這是一家凝聚京都風情的店舖。

走進烤肉濃香四溢的店裡，我們被帶到二樓的座位。因為我過度緊張，無法直視店

58 日本創作歌手長渕剛一九七八年發表的民謠風單曲。一九九二年改編為搖滾風重新發行。

59 石原裕次郎製作公司「石原 Promotion」的暱稱，旗下藝人被稱為石原軍團。過去常演出看似冷面嚴肅的刑警角色。

長的臉，不過，從小狸那裡聽到他的工作是少女酒吧店長，加上尼采說他酷愛女色的想像，眼前的他看起來更像是威嚴的成年男性。光是成年男性就讓我緊張了，更別說在這樣讓我畏懼的氣氛之下，我完全不知該說什麼才好。

「您好，晚安。」

「妳好。嗯，妳要喝什麼？」沙特說著把菜單遞給我。

「啊，那就烏龍茶。」

「妳不喝酒嗎？」

「是……是的。我只有十七歲。」

「哈哈哈。亞里莎真可愛，好老實！而且，真是年輕！那麼，亞里莎點烏龍茶，我喝啤酒吧！」

小狸還是一如往常泰然自若，笑著親暱地輕碰沙特的肩膀。

「請問，今天是聯誼，對吧？另一個男生什麼時候會來呢？」

「啊，我是這麼跟妳說的？對不起，那是騙妳的。因為店長一直要我幫他找可愛的女孩子一起吃飯。其實不是聯誼，只有我們三個人，對不起！」小狸說著吐了一下舌頭，撒嬌般地道了歉。

怎麼回事？也就是說，我被設計了嗎？我該怎麼辦？當初我應該拒絕的。但是，我們才剛進店裡坐下來，總不可能立刻掉頭走人。我盡量避免氣氛太僵，試著讓交談熱絡一點。

「請問，沙特先生是店長嗎？」

「嗯，沒錯。我除了開店，也有其他工作。我也製作供免費索取的宣傳雜誌。涉足領域廣泛，包羅萬象。」

沙特說完，又添了一句「抱歉」，然後點燃了菸斗。他抽的是像嚕嚕米爸爸[60]、還是大力水手卜派會抽的那種，充滿古風的菸斗。

我直覺覺得我和這個人可能聊不來。再說，不管是經營少女酒吧、兼營其他工作、拿出我從沒見過的菸斗抽菸，這些圍繞著沙特的「日常」，對我來說實在太「非比尋常」

60 芬蘭童話小說《嚕嚕米》中，主角嚕嚕米的父親。

了，我完全不知道應該和他聊什麼。平時，我就沒有和這個年齡的成年男性談過話，也不知道他究竟在想什麼，所有的一切都超出我的理解範圍，我只有緊張得不得了。

我覺得和他大概不會有任何共同話題。能夠突破這個氣氛的共同話題，大概只有尼采了。雖然他並沒有做什麼讓我不愉快的行為，但是我希望能藉著提出尼采的名字，讓氣氛變得更輕鬆。這麼一想，我小心翼翼地問沙特。

「唔，沙特先生，你認識尼采嗎？」

「咦？尼采？啊，我認識！為什麼這麼問？」

「我和尼采是好朋友，尼采要我今天過來時，代他向你問好。」

沙特嘻嘻嘻地笑起來。「原來如此，怪不得。」

「咦？」

「妳不是一開始就知道我的名字嗎？我還在納悶為什麼，經妳這麼一說，原來妳和尼采是好朋友，所以妳跟我們是同一類的人，我懂了。」

「同一類的人？」

「是的。就是『追求本質的人』。」

沙特突然開始高談闊論，他說的話雖然有點難懂，但可能是因為我們突然意氣相投，小狸一臉不可思議地看著我們。

「太好了，今天真是好日子。小狸帶來很不錯的朋友嘛！想吃什麼盡量點！」沙特口氣中流露出掩不住的興奮。

「真的？謝謝！」小狸開心地看起菜單。

「沙特先生，請問，『追求本質的人』是什麼意思呢？」

「啊，尼采沒有跟妳談過存在與本質的話題嗎？」

「存在與本質？嗯，我想他應該沒提過。」

「是嗎？簡單來說，所謂的本質，就是像『人為什麼活著？』的理由。」

「為什麼活著的理由？」

「是的。我曾經提出一句名言，叫做『**存在先於本質**[61]』。」

「存在先於本質？」

「是的，說得更明白一點，就是人類並不是因為有什麼理由所以存在。事實上，即

61 L'existence précède l'essence，英譯：Existence precedes essence。

使沒有任何理由仍然存在。」

「即使沒有任何理由仍然存在？這是什麼意思呢？」

「嗯，舉個妳容易瞭解的例子。來，妳看看這個烤肉用的夾子。」沙特說著拿起夾子把玩，發出咔嚓咔嚓的聲響。

「妳認為這個烤肉夾為什麼做成這個形狀？」

「唔，單純是為了夾肉，所以做成這個樣子？」

「是的，烤肉夾是為了方便夾肉片而做成這個形狀。那麼，這個呢？這個桌子上方可以吸油煙的通風管呢？」沙特指著從天花板垂吊的抽油煙機這麼問道。

「為什麼做成這個形狀？應該也是為了更有效率地吸油煙吧？雖然我對機械完全不瞭解，這個應該是為了吸油煙吧？」

「是的。這個烤肉夾是為了夾肉片的用途而製成這個形狀。抽風設備是為了吸油煙而做成這個形狀。這就是本質。先有本質，才有所謂的存在。」

「什麼意思呢？」

「不論烤肉夾或抽油煙機，以這樣的形狀而存在，都是一開始就有理由。並不是偶然有烤肉夾存在這個世上，所以產生『這個東西夾肉應該很方便』的想法。同樣的，抽油煙機也不是偶然以這樣的形狀存在這個世上，然後才誕生『這個東西吸油煙應該很方便』。兩者都是一開始就有存在的理由。有了『夾肉』的理由，所以把烤肉夾製作成這個形狀。有『製造吸油煙的機械』動機，所以才開發出抽油煙機。換句話說，物品產生以前，就先有了『為了什麼使用』的理由。」

「也就是說，烤肉夾或抽油煙機，都有明確的存在理由？」

「是的，物品都是基於某個理由去開發而存在。所謂的工具，都是一開始先有存在理由。有理由，才有其存在。」

小狸沒有加入我和沙特的話題，只是專心地把送來的肉片烤好，平分到我們的盤子裡。促進食欲的香氣不斷地被通風管吸走。

「原來如此。我懂了。那麼，本質又是什麼意思呢？」

「太好了。剛剛我不是說了『為了什麼使用』的理由嗎？這就是『本質』。換句話說，存在的理由就是『本質』。」

「存在的理由，就是本質？」

「是的。反過來說，『顯現的姿態、外形』則是『存在』。烤肉夾或抽油煙機的樣貌，此時此刻顯現的事實，這就是『存在』。」

「換句話說，就是把『肉眼可見的存在事實』和『為了什麼理由而存在』，分成兩件事來思考？」

「是的，而且我認為這就是人類的煩惱。」

「這就是人類的煩惱？」

「沒錯，『我究竟為什麼而生？』、『我存在的理由是什麼呢？』妳一定也曾煩惱過這類問題吧？」

「的確。老實說，我以前沒有仔細想過，直到遇見尼采以後，才開始不斷地思考這些問題。」

「不過，若是依照我的解讀，我認為生存是沒有理由的。認定有理由，是人類天大的傲慢。」

「生存是沒有理由的……是這樣嗎？」

「沒錯。這就是我剛才說的『存在先於本質』。工具有它存在的理由，也就是先有本質，才有存在。但是人類不一樣。人類並非先準備了理由而誕生。而是先生存這個世上，有存在的事實。換句話說，即使事先沒有準備理由，仍然存在這個世上，這就是人類。」沙特說到這裡，再次點燃了菸斗，不停地吞雲吐霧。

「原來如此。齊克果和尼采也說過類似的理論。」

「啊，妳也認識齊克果？要說相似也是當然的，因為他們兩個人的思想都是存在主義。尤其我受到齊克果很大的影響。」

「是喔？我覺得齊克果是一個怪人，不過，尼采也是不折不扣的怪胎。」

「他們兩人都很特立獨行，或者說都有浪漫主義的一面。不過，齊克果醉心於神學，尼采則是否定神的存在。他們兩個人都認真地思考生存，但是見解上卻有很大的差異。」

「什麼樣的差異？」

「簡單地說，齊克果深信『世上有神』。但是尼采對神卻抱著叛逆思考，主張『上帝已死』。齊克果是有神論者，尼采是無神論者，關於這一點，兩人看法南轅北轍。我對於神的存在究竟如何，沒有深入探究的興趣。或許比起他們，我更屬於現實主義。」

「原來有這樣的差別啊。對了，『存在主義』又是什麼？」

「存在主義就是對於自己的存在，作為目光焦點，『追求生存意義、人生處世的思想』。哲學這個詞，很容易被解讀成思考生存意義的學問，但其實不是這樣。古希臘邏輯性研究有關自然的『自然哲學』是主流。中世紀哲學則是議論，神是否存在為主流。也就是說，哲學並不等於思考生存意義的學問。存在主義才是思考生存意義的思想。哲學是對於各種課題，抱持著懷疑去思考：『真的是這樣嗎？』」

「原來如此，哲學並不是只有思考有關人生的學問。以前我好像不假思索就認為，哲學只是在思考人生的意義。」

「其實只是研究的主題不一樣。比方，喜愛車子的人當中，有些人感興趣的是車子的構造，這種機械性的嗜好；有些人追求的則是外觀是否帥氣；有些人講究的可能是，如何做出跑得更快的車子；有些人則在意開車時，裝在杯子裡的水不溢出來的穩定駕駛性。雖然一概都歸之於哲學，其實研究主題五花八門。」

「這樣啊。所以齊克果、尼采和沙特研究的主題，都是『如何生存』？」

「可以這麼說。而我認為『存在先於本質』。也就是說，即使我探究生存的理由，卻茫然毫無頭緒，煩惱著『究竟為什麼而活著』，我得到的結論是：其實人類自始就沒有生存的理由。我對於存在這件事的不合理，而出版了《嘔吐》這部小說。」

「嘔吐？這個書名真是不得了。正在吃飯的人應該不太想聽到……」

「這部小說得諾貝爾文學獎時，我拒絕領獎，因為我不想得那種資產階級的獎。」

「什麼？你拒領諾貝爾文學獎？」

「沒錯。」

「抱歉，這件事情聽起來有點超出我的理解範圍，我再問一次：你拒領諾貝爾文學獎，我沒有聽錯？」

「因為我不期望資產階級的獎項。」

「是喔。要我瞭解這樣的心情，以我的人生經驗可能不太夠……那麼，《嘔吐》這本小說的內容是寫什麼？」

「簡單來說，是離人愁緒和『完形崩壞[62]』。」

「完形崩壞？」

「唔，妳沒聽過？這樣啊……與其單純說明，實際體會應該更快。這樣吧，妳在這個免洗筷紙套背面，寫『燒』這個字二十遍。」

「只要寫二十遍『燒』就好了？我試試看。」

---

62 semantic satiation。又譯為：「語意饜足」、「語義飽和」。

我向沙特借了筆，在筷子套背面寫下「燒」字。

燒燒燒燒燒燒燒燒燒燒燒燒燒燒燒燒燒燒燒燒燒燒燒燒燒燒

「呼，寫好了……同樣的字排在一起，看起來有點不舒服……」

「是嗎？寫的時候有沒有什麼不對勁的感覺？」

「不對勁？」

「是的。有什麼不對勁嗎？」

「唔，一直寫著同一個字，一瞬間有種『咦？燒，是這麼寫的嗎？』短暫的懷疑。」

「沒錯。重複寫同一個字，或是盯著某個東西一直看，中途會突然覺得不認識這個字／東西的異樣感，這就是『完形崩壞』。」

「啊！我小學的時候練習寫字，也曾有過類似的現象。咦？這個字是長這個樣子嗎？原本應該很熟悉的字，突然覺得看起來怪怪的……」

「是的，這種感覺出乎意料很常發生在生活中吧？不斷地寫同一個字，或是一直盯著東西看，就會產生這種異樣感。但是只寫一次『燒』，卻不會有異樣感。妳知道為什麼嗎？」

「唔，為什麼？我完全不知道。不過，確實平時寫的時候沒有特別的感覺，寫了一堆之後，突然覺得好怪。」

「是的。盯著看而感覺異樣，或是平時沒有異樣感而疏忽了，是因為隔著一層遮罩。」

「遮罩？」

「是的。我在小說《嘔吐》中，也描寫了主角盯著樹根猛看，因為發生『完形崩壞』，以致於覺得噁心，因而想吐的情節。但是，平時去公園就算看到樹木，也不致於發生『完形崩壞』的情況。」

「嗯，頂多覺得，『啊，樹木生氣勃勃。』」

「是的，就是這樣！」

「蛤？這樣？」

「『樹木生氣勃勃』的概念正是遮罩的結果。」

「概念正是遮罩的結果？」

「我們平時下意識會為事物分類，或是以言詞加上遮罩來觀看事物。」

「我還是不太懂……」

「對於眼前茂盛巨大的物體，短時間內以『樹木生氣勃勃』來認識它，沒有特別留意就隨意輕忽了。」

「喔……」（什麼意思啊？）

「也就是說，假設我們不知道這世上有『樹木』的存在，是第一次見到巨大的樹木。我們因為不曉得『樹木』的存在，所以只會覺得『竟然有這麼巨大的物體』！」

「是……」

「可是因為我們知道『樹木』的存在，所以不會大驚小怪。也就是說，我們具備了『樹木』這個概念的遮罩。」

「啊，原來如此。」

「總歸來說，我們並不是直接正視眼前的事物，而是以語詞分類後形成的概念來看待事物。」

「你的意思是說，我們並沒有正視我們所看到的？」

「妳看這個肉片。如果沒有深刻思考，只會覺得，『有肉耶！看起來好好吃！』如果妳盯著這塊肉一個小時，漸漸地妳會覺得『這到底是什麼？』，開始覺得這個東西很怪，甚至不想吃。我說的並不是新鮮度的問題。世上一切事物，拋開概念去看，直視之後就會產生不舒服的感覺。我在《嘔吐》一書裡，就描寫了這種不舒服的感覺。」

「喔……更具體來說，你想傳達的究竟是什麼？」

「所謂的『存在』，只是單純在那裡偶然地發生，並不是必然。」

「你的意思是？」

「也就是說，沒有什麼是必然一定要存在的理由，只不過是偶然存在。但是，人類卻傾向相信『生存應該有什麼意義』、『人都有各自的天命』。這樣的思想，我認為只不過是自欺。」

「自欺？」

「是的。人之所以被生下來一定有理由。人都有各自的天命。堅信這一點就會比較輕鬆吧？因為堅信自己必定有存在理由的緣故。但是，就我的觀點來看，相信這樣的必然性就是自欺，只是逃避現實。人的本質，也就是生存的理由，並不具備存在的理由，可以說人類什麼都不是，是自由的存在。」

「人類是自由的存在？」

「以什麼樣的方式活下去，也就是人類可以自己創造自己[63]。」

「你是說，人可以創造自己？」

「是的。人除了自我塑造之外什麼也不是。必須『**投設**』自己才行。」

「投設？」

「針對未來的可能性，建構自己的思想。人除了自我塑造之外一無所有。只擁有創造自己的自由。反過來說，人類是在一無所有的狀態下來到這個世界。然後，在活著的過程中，創造出自己。想以什麼樣的方式活下去都無所謂，想做什麼都可以。人類基本上是自由的。」

「人類基本上是自由的……」

「換言之，不是固定於現狀的自己，迎向未來而改變樣貌才是人類，要變成什麼樣貌，都可以任憑自己創造。但是，希望妳在這裡要注意一點。自由有它的陰影，不見得全是好事。」

「陰影？」

「是的，就是我曾經說過的，『人類遭處以自由之刑』、『**人是被詛咒為自由**』。」

「人類遭處以自由之刑？」

「是的。換句話說，不論自己做什麼選擇、改變什麼樣貌，因而發生什麼結果，都責無旁貸。一說到自由，很容易先想到開放、快樂等印象。但是所謂的自由，包含了責任。也就是說，未來會怎麼樣是自己的責任，就算結果不如預期，還是必須負責。『自由就是能夠隨心所欲！』自由並非只有這種樂觀的意義，而是承擔一切責任，即使結果大失所望，還是必須接納所有的結果。」

「原來如此，這麼一想，自由並不輕鬆，反而責任重大。」

「是的。我說的人類遭處以自由之刑、人是被詛咒為自由，這兩句話的意思，妳是不是有點瞭解了？」

「嗯，好像看到自由隱藏起來的另一面呢！」

「另外還有一點，依照我剛剛的說明，一切都必須自己負起責任，但是這並不是單純個人的問題。若是自己負起責任，無論做什麼的選擇都沒關係，採取任何選擇都是個人自由。但是仍有必須避免的事情。那就是不人道的行為。」

---

63 沙特在《存在主義是一種人文主義》（*L'existentialisme est un humanisme*）中指出，人的存在，是自己創造自己。

「不人道的行為……」

「是的，危害他人，或是犯罪行為。不論我們是否關心，都以某種型式和社會有所關聯。不管是涉足犯罪的暴力集團、整天沉浸網路世界的尼特族，或是和社會緊密聯結的政治家，無論站在什麼樣的立場，都和社會有所關聯。」

「你是指社會參與嗎？」

「我把社會參與稱為『介入[64]』。我認為社會參與和個人自由應當有緊密關係。」

「為什麼社會參與和個人自由有緊密關係？」

「例如，當社會秩序紛亂，允許暴力行為發生時，妳覺得個人自由會受到什麼影響？如果在一個獨裁而暴力的社會下，個人安全以及自由也會被剝奪，不是嗎？」

「說的也是，這樣的社會根本如同世界末日來臨……」

「但是相反的，只尊重個人自由，可以想像社會將變得毫無秩序可言。也就是說，守護個人自由的社會有其必要，而守護社會秩序，則需要個人參與，去打造一個更好的社會，個人自由與社會秩序有著切也切不斷的關係。」

「原來如此，為了自由需要的社會，與創造社會所需要的個人，是這個意思嗎？」

「是的。因此我剛剛說的，自由就是自己要負責，並不僅限於個人，自身的選擇對於社會全體或人類全體，都應當思考如何負責而進行選擇。」

「是嗎？這個話題的規模實在太大了，如果責任如此重大，要如何判斷？讓人覺得很恐怖耶。」

「但是，我們只能做出選擇，妳現在所感受到的壓力，正是『自由之刑』與『自由的詛咒』。」

沙特說到這裡，從胸前口袋拿出菸點燃。桌上還放著剛剛抽的菸斗。看來沙特似乎是個大菸槍。雖然他的外表看起來像知識分子，但是談話的內容、動作、舉止都非常粗獷不羈。沙特似乎是背負著這種美學的哲學家。

「談了許多關於自由之刑的觀點……怎麼樣？妳還有時間嗎？」

我確認了一下時間，現在還不到九點。我該繼續留下來嗎？我看了看小狸。小狸朝我笑著點點頭，彷彿在說「我都可以唷」。

64　Engagement：社會參與、自我約束。這是沙特自創的哲學名詞。

「嗯，我再待一下子也沒關係。」

「都聽我一個人講得口沫橫飛，真抱歉。吃完烤肉換另一家吧？我還想再跟妳談一下有關『他人即地獄[65]』的想法……」

沙特說完，叫來店員結帳。

等著店員結完帳以前，吃著小狸分給我稍微涼了的烤肉，我的腦子裡不斷地回想有關沙特說的這些話。他人即地獄……這究竟是什麼意思呢？把他人認定是「地獄」，大概是對什麼人抱持著極大的怨恨吧？還是說，沙特會提出什麼驚人的理論呢？我一邊這麼想著，一邊看著靜靜地抽著菸的沙特。

65 出自於沙特著名劇作《密室》（*Huis Clos*）的名言。

人是被詛咒為自由。

——沙特

8／他人即地獄，人除了自我塑造什麼也不是

「謝謝你的招待。」我站在店門口向沙特道謝。

「嗯，不客氣。我們搭計程車過去，小狸記得等一下要委託計程車酒後代駕服務。」沙特說完舉手招了計程車，告訴司機：「到高台寺附近的寧寧之道。」

寧寧之道是一條連結八坂神社到高台寺和清水寺的石板路。豐臣秀吉的正室寧寧，在高臺寺山下度過了餘生。這條石板路，據說是寧寧平時行走的道路，而命名為「寧寧之道」。

沙特、小狸和我前往這條寧寧之道上，一家改裝的老舖旅館，是只有常客才知道的酒吧。看來接下來要去的酒吧可以抽雪茄，酷愛抽菸的沙特似乎經常光顧。

為了保險起見，我先聯絡尼采：「看樣子不會去少女酒吧。」不知道尼采是不是一直在等我，我發給他訊息立即顯示為已讀，而且還連送了好幾張哭臉貼圖。

計程車行駛十分鐘左右抵達了酒吧，是一家設置了添水[66]，優雅呈現時光流逝的和風庭園。門口悄然掛著整排燈籠，視覺上呈現出和剛剛我們所在的祇園，截然不同的時間流動。

踏入蓋在庭園裡的隱密店家，店內到處陳設著古董家具，讓人想起「敲響文明開化之鐘」的明治時代。店內擺設的椅子、古董展現出精心設計的美麗，看起來已不單純是家具，有如美術品般，將房間當作畫布彩繪出的一幅畫作。我們在一個可以看見古老的街景，以及悄悄探出月光的靠窗位置坐了下來。

「一瓶 KENZO ESTATE 紫鈴和雪茄目錄。妳要喝果汁嗎？這家店當季現打果汁很好喝唷！」沙特以熟客的口吻點完之後，便注視著我。

「我第一次來這裡，這家店好棒，好像大人的祕密基地。」

「不錯吧？這家店雪茄的種類很多，保存狀況也很好。我想要靜下來思考就會來這裡。」沙特點燃香菸，吐出白煙繼續說道。

「剛剛我說『他人即地獄』，對妳來說，他人是怎樣的存在呢？」

「他人嗎？嗯，我不希望隨時隨地有人待在身邊，但是和別人說話的時候，我的心情能夠平靜下來。雖然不是和每個人都合得來，不過，和別人一起，大部分的時候，似乎心情比較平靜。」

「是嗎？」沙特環顧店裡。

吧檯處坐著一對看似約會中的年輕女性及一位中年男性，正輕聲地聊著。

「我認為『**人不可能到達他人**』。而且，他人跟自己永遠處於支配或者被支配的爭奪關係。妳不曾有過這種想法嗎？」

「支配或被支配？」

「是的。」

「唔，說真的，我沒有這麼想過……應該說，我聽不太懂你的意思。」

「這樣子啊，那麼，我再仔細地說明一下。」

店員送來紅酒及雪茄目錄。沙特試聞了一下以後，告訴店員：「大衛杜夫No.2。如

---

66 日本庭園中常有的裝飾擺設。基本上是一種透過水力驅動的裝置，當水灌滿竹筒之後就會翻轉，將裡面的水倒出來。

果有七星，也幫我送來。」

「好，接下來我要告訴妳，為什麼我會說，『人不可能到達他人』。妳看一下坐在吧檯的那對情侶。」

「是那一對嗎？」我看著情侶的方向。

「妳現在目光正注視著那對情侶。那麼，妳可以說說他們的狀況嗎？」

「唔，兩人看起來氣氛還不錯，但是我總覺得有股銅臭味……你看，那個女生旁邊放了一個卡地亞紙袋，大概是那個男的買給她的首飾還是什麼吧？」

「或許吧？也許他們之間有什麼特別的關係。不過，先不管這個，妳的眼前有一對情侶。這是怎麼一回事呢？也就是說，妳的世界裡，產生『情侶』的觀察對象。這也就表示妳所看到的世界，有『情侶』這種物體存在。」

「嗯，說得複雜一點，確實是這樣沒錯。」

「妳眼前所看到的世界，是以妳的主觀形成的。目光看向『情侶』，『情侶』在妳的世界登場。就連這個菸灰缸，或是店裡所有的物品，都是相同的道理。我們注視某些事物，就表示我們把眼睛看見的東西拉進自己的世界。到目前為止沒問題吧？」

「嗯，大概吧？」

「那麼我再說得更仔細一點。換句話說，人們以自身主觀、以自我為中心，來觀察這個世界。眼睛所看到的一切都視為『對象』，反映在自己的世界。」沙特說著，緩緩地搖著酒杯，然後一仰而盡。

「唔，視為『對象』是什麼意思？」

「例如，內心的聲音。妳看到那對情侶，心裡產生『看起來氣氛還不錯』、『總覺得有股銅臭味』，假設這樣的心聲，在妳的世界就像 niconico 動畫[67]上的跑馬燈好了。」

「心聲像跑馬燈？嗯，好像可以想像。」

「那麼，我繼續說明。把妳的目光放在某個事物，也就是注視某個東西。比方，看著這枝雪茄好了。當妳看著這枝雪茄，也許妳的世界會出現『菸味真臭』，或是，『要是能像殺手骷髏13[68]的主角迪克東鄉，那該有多帥呀！』但是，這些只有妳知道。」

「嗯，說的也是。的確無法連內心在想什麼都能看穿。」（迪克東鄉有很帥嗎？）

---

67 日本影音串流網站。

68 齋藤隆夫的漫畫作品《骷髏13》中的主角迪克東鄉，擁有一流狙擊能力的殺手，登場畫面時常叨著雪茄。

「就是這樣。而且這裡有一個大重點，妳把雪茄或紅酒杯『對象化』，也就是視為物品來看，是理所當然的。」

「嗯。」

「但是，如果換作是人的情況呢？以我們提到的情侶來說，大家各自都有不同的看法。就如同妳看到的那對情侶，妳心想著：『看起來氣氛還不錯』、『總覺得有股銅臭味』，而那對情侶也有他們的心聲，各自在自己的世界注視著這個地方。或許男性想著：『這個酒真美味，等一下不知道有沒有機會和她上床。』女性也許內心想著：『我好睏呀，差不多該回家了吧？』但是，這些心聲我們看不見。就和他人所看到的世界一樣，我們無法看見別人的內心世界。原因就是我剛剛說的，心聲的跑馬燈，只有自己看得見。」

「原來如此，因為我們不可能看見他人的心聲。反過來說，別人也看不見心聲的跑馬燈……你是這個意思嗎？」

「沒錯。妳回想我剛剛說的『對象化』。我們將目光投射在他人身上，縱使自己的世界有他人的存在，卻無法連那個人內心在想什麼也看見。如果要問這是怎麼一回事，是因為我們只能把看見的對象視作『有個男性』、『有對情侶』，以物件化的方式來理解。」

「物件化？」

「是的，這就叫做『對象化』。也就是說，我們能夠將眼前所看到的廣闊世界，猶如看待物件般掌握，『有個男性』、『有對情侶』、『〇〇在那裡』，卻無法和別人一樣以相同的視點去看待事物，我們無法完全瞭解他人內心在想什麼，有什麼想法。物件化的說法，並不是把人當作棋子來思考，而是指主觀無法附身在眼前對象，來看待世界。雖然我們可以推敲、臆測：『啊，現在大概是這樣的心情吧？』但是，無法與他人觀察到百分之百相同的世界。」

「原來如此，聽起來好像《新世紀福音戰士》[69]。」

「我沒看過《新世紀福音戰士》，所以不太清楚。這本書是講這樣的內容嗎？」

「我覺得很像〈刺蝟的兩難[70]〉那一集。就算彼此希望瞭解，但是距離太近又會刺

69 日本著名動畫，講述青少年駕駛新世紀福音戰士生物機器，來抵禦侵襲地球使徒的故事。導演庵野秀明在這部動畫中，有很多內容呈現強烈地顯示出存在主義色彩。

70 指新世紀福音戰士第四集，這集副標是「Hedgehog's Dilemma」，意即「刺蝟的兩難」。來自叔本華寓言故事的精神分析用語。

傷，距離太遠又覺得孤獨……有點像這個故事帶給人的孤獨感。結果即使和別人很親近，終究還是有距離。」

「啊，那是佛洛伊德說的**『豪豬的困境』**吧？心理學家佛洛伊德把叔本華的想法，用淺顯易懂的方式說明，原本是叔本華寫下與人交往的想法。我剛剛說的『對象化』，雖然是指別的觀點，但結論就是，自己與他人之間有一輩子都難以跨越的鴻溝……就這一點來看，的確有點像。」

「不好意思，我一想到就說出來了。」

「沒關係，叔本華也對與他人的關係不勝其擾。那麼，回到剛剛說的，我們都以各自的觀點來看待這個世界。而且在這個視野中，有他人進入時，我們將他人視作物件來解讀。雖然瞭解有他人的事實，卻無法瞭解他人的內心。到這裡為止都懂吧？」

「是的，我知道。」

「那麼我就繼續說明囉。當他人進入視野時，雖然我們將他人視作物件來解讀，但是他人也有自己的世界。而且，當他人把目光朝向我們時，我們就在他人的世界中被『對象化』。」

「被他人對象化。」

「例如，妳去一家拉麵店。妳打開門進入店裡，店長、還有一個上班族客人，進入妳的視野。這時妳把店長、上班族客人視作物件來解讀。但是，這個狀況從店長的觀點來看，則是上班族客人和妳被他『對象化』，你們是『兩個客人』。從上班族客人的觀點來看，則是店長和妳被『對象化』，你們是『店長和剛上門的客人』。」

「就像是攝影機視角？如果把人的眼睛當作攝影機視角，不同的人以不同的角度看到的事物，就像拍攝有一號攝影機、二號攝影機、三號攝影機？」

「嗯，如果是自己一個人，就是攝影師，所以只殘留自身視點的影像。但是，如果別人也有攝影機呢？他人的攝影機所拍攝的影像中，自己映現在裡面，自己成了登場人物，也就是以物件的形式登場。如果妳問我究竟想表達什麼，那就是我們因為他人的注視而成了物件。這樣的情況，我稱為『**他有化**』。」

「他有化？」

「因為被他人視作物件。然後接下來是關鍵，我們必須接納被他有化的自己。」

「嗯，被他有化的自己，也就是他人眼中映現的自己。被他有化的自己，我稱為

『為他存有[71]』。這個『為他存有』很難纏。被他人眼光注視下的自己，將成為自己的一部分，『為他存有』包含了這樣進退不得的困境。」

「唔，怎麼說呢？」

「比方，妳看見我妳的內心產生了『哇！好帥！』的想法，妳的世界就存在著我很帥的概念。但是，如果妳看到我覺得『好土的大叔』，那麼妳的世界就存在著我是遜大叔的概念。當然，希望妳不至於對我有這種想法……也就是說，被他人對象化，就是把他人的主觀轉嫁。」

「把他人的主觀轉嫁？」

「就是我們看到別人，要怎麼想是個人的自由，對吧？對於初次見面的人，內心想著，『這個人真帥！』是自由；想著，『哇！這個人看起來好髒……真討厭！』這也是自由。如果實話實說，把討厭的印象告訴對方可能會發生糾紛，但是內心有什麼想法是個人的自由。但是這樣的自由，並不是只有我才有，別人也擁有相同的自由。換句話說，他人看到我們，有可能認為『這個人真棒』，也有可能認為『哇，這個人只會臭屁』，而幫我貼上一個厭惡的標籤。這些都是我們無法控制，因為這屬於他人的領域。」

「嗯……的確是這樣沒錯。盡可能希望讓別人留下好印象，所以留意自己保持得乾乾淨淨、讓自己開朗一點。至於對方怎麼想，還是完全由對方決定！」

「他人能夠隨心所欲為我們貼上想貼的標籤。再怎麼自認為『我真是帥到掉渣啊』，從別人的目光看來很可能是『土裡土氣』。可是反過來看，即使自認為『我是不顯眼又陰沉的女人』，或許在別人的目光中卻是『摘下眼鏡應該是個美女』。少女漫畫不是常有這樣的設定嗎？總之，我要說的是：我們無法踏進他人的領域，也無法加以控制。」

「啊，我好像抓到你要表達的意思了，這就是你對他人抱持的距離感。」

「還有一點，當我們感到『羞恥』時，也就是我們認可他人眼中的我。妳曾有過『羞恥』的時候嗎？」

「當然有！刷ＩＣ卡通過票口，因為餘額不足，警示聲超大聲的時候……」

「這確實是生活中經常會發生的體驗……我要說明的『羞恥』，大概是這樣的經驗。例如，在公司加班到深夜，公司裡沒有其他人，所以便脫了鞋子、挖鼻孔、哼著奇怪的

---

71 Being-for-other。也有人譯為「對他存有」。

歌曲，或是肆無忌憚地放屁，就像在家一樣放鬆工作。」

「光是想像，就覺得很難為情了。」

「反正就是在完全放鬆的狀態下工作。這時，妳突然聽到背後傳來咔嗒的聲響。妳嚇了一跳回頭看，以為早已回家的同事，正拾起掉落的筆盒。這一瞬間妳的臉色刷白，原本以為只剩下自己一人，竟然還有一個同事留下來加班。而且剛剛的怪模怪樣、哼著歌的種種醜態，他全都看在眼裡。」

「哇！這也太慘了，如果是我一定恨不得當場死了算了。」

「而且這樣的時刻會湧起『羞恥』的感情。原本沉浸在個人世界的放鬆模式，一瞬間轉變成同事眼中『醜態畢露的同僚』，妳在同事眼中的模樣，進入妳的世界，妳只能被迫接受『醜態畢露的同僚』的形象。」

「也就是放鬆狀態的自我世界出現裂縫，『醜態畢露的形象』在我的世界登場。」

「一點也沒錯。由於『羞恥心』作祟，因而在自己的世界，自己也變得跟一般物體沒什麼兩樣。」

「這麼一想，我好像可以稍微理解他人和自己總是處在你爭我奪的關係了。」

「是的，我們和他人是乍看之下很近，其實很遠的存在。」

「無論人類多麼靠近，還是各有主觀的獨立存在。」

「對於自由存在的他人，我們能做的只有同樣以目光去回看。也就是重新將那人轉化為自己的對象，才能取回主體性及自己的世界。不論我們多麼接近他人，也無法踏進他人的領域，無法感受他人的意識。就像即使欣賞同樣的風景，也無法和別人的感受百分之百相同。無論到哪裡，我們都無法和他人同一（identify）。因為我們永遠『無法到達他人』。他人活在他人自由；我們活在我們的自由。不管我們到哪裡，我們都只能活在自己的自由。我們無法逃離自己的自由。」

沙特說到這裡，點燃雪茄，好整以暇地抽著菸。雪茄前端，紅光閃閃爍爍，消失了又亮起，亮起了又消失，反反覆覆。似苦又甜的煙味濃郁繚繞著。雖然我們處在同一個房間度過相同的時光，但是沙特和我的世界之間，卻有著巨大的隔閡。每個在這個空間裡的人，都活在各自的世界裡，這似乎也呈現出一股悲哀、而難以言喻的現實。

以自己的目光、自己的主觀建構出自己的世界，雖然是太過理所當然的事，但是透過沙特的言語直視，讓我覺得自己彷彿飄浮在宇宙中的一顆小石頭，懸浮於半空中，孤獨的存在。

　或許任何一個人都是孤獨的存在，不論彼此是什麼樣的關係。我在家中雖然是父母的女兒，也是叫做兒嶋亞里莎的單獨個人。奶奶是、媽媽也是；爸爸、哥哥都是，每個人都是獨自一人、身為個人的孤獨存在。

「沙特先生，難道我們無法跟他人真正的靠近嗎？」我忍不住問沙特。

沙特緩緩地把目光轉向我，彷彿刻意讓口中的煙懸浮在空中緩慢地吐出來。「嗯，要說做得到的事，就是只能在一旁默默守護。」

「什麼意思？」

「把他人的自由，純粹地視為他人的自由而去守護。不為了求自己的安定而利用他人或是強制他人，只是單純守護。也就是不透過他人，確實地活出自我。因為『**人除了自我塑造之外，什麼也不是**[72]』。」

　我除了我自己，什麼也不是……這句話好像流行歌曲的歌詞。雖然理所當然，卻讓我心頭猛然一驚，為什麼呢？是因為人生只能靠自己走出來的那股壓力，還是因為用和過去截然不同的觀點，去看待自己與家人的關係？在理不清明確答案的情況下，我內心深處萌生了一股緊張的情緒。

「要是妳還想再多思考一些有關人生的問題，不妨去拜訪這個男人。」

沙特從公事包中拿出名片夾，從中抽出一張名片遞給我。名片上寫著：馬丁・海德格[73]。他是京都大學的教授。

「啊，謝謝你。這位是什麼樣的人呢？」

「他對我的思想影響很大，也有人稱他是：死亡哲學家。」

「死亡哲學家……」

「妳不妨去找他。他的長相乍看很可怕，但是跟他一聊，妳就會知道他是好人。」

「這樣啊……謝謝你。我下次會去拜訪他。」

「我想他一定可以成為影響妳人生的契機。這一點我敢保證。對了，有件事……」

---

72 原文為：Man is nothing else but what he makes of himself。

73 Martin Heidegger（一八八九～一九七六），德國哲學家。在現象學、存在主義、解構主義、詮釋學、後現代主義、政治理論、心理學及神學，均有舉足輕重的影響。

「什麼事？」

「怎麼樣？妳是不是也想跟我交往看看呢？」

「……什麼？」

我回答的同時，沙特向坐在一旁的小狸提出懇求。「小狸，怎麼樣？我想和她交往。不過，我並不是討厭妳，以後我還是和以前一樣繼續跟妳交往。不過，我和小狸的關係，不是偶然而是必然？我很重視資訊透明，所以我想要取得妳的認同。可以嗎？我在亞里莎的單純裡感受到一股魅力。」

沙特一邊闡述他獨特的理論，一股勁地說服小狸。

我只是呆若木雞地看著他們兩人。（什麼？怎麼回事？他們是男女朋友！沙特竟然當著女友的面對我說：「要不要當我女朋友？」）我對於眼前這個難以理解的狀況，內心的聲音在我腦海中如洪水般波濤洶湧。

「好啦好啦。你想怎樣就怎樣！反正就算我抱怨，你一定會說什麼，『我無權干涉妳的自由！』不是嗎？」

不知道小狸已經對這樣的狀況見怪不怪？還是她的個性豁達？看不出她有一絲一毫慌亂，完全不當一回事。

「真的嗎？太好了！別擔心，往後我還是會和以前一樣，把妳擺在比其他女朋友更優先的位置，對妳完全坦白。因為我和小狸是必然的關係。」

沙特過度異想天開以及對異性關係的態度，讓原本融洽的氣氛一下子變得尷尬，這是我過去從來沒有過的經驗。

尼采說的「沙特酷好女色」，就是指這種情況嗎？後來，我拚命地閃躲沙特強詞奪理的追求，在小狸的提議下，趁沙特去洗手間時一個人先離開了。

朦朧的月光灑落在沉靜的石板路，我踩著穿不慣的高跟鞋，叩叩地敲響著夜路，獨自回到了家。

小狸數次向我道歉，「對不起，他好像真的喝醉了！」我也總算稍微釋懷了。

對於說出「他人即地獄」的沙特，或許因為眼前有人瞭解自己，所以交往的形式也很獨特，這是因為他們對彼此的瞭解。而我對於自己的想法，這份別人無法看見、只屬於我自己的心思，有一點點的喜愛。

9/ 向死而生，人就是無可取代的存在

那天晚上，我做了一個夢。

我身在看得見海的海岬，走在空曠的大自然中，天空呈現破曉前分不清是灰還是藍色的曖昧色彩，四周只有波浪拍打的單調聲響。我和某個人正在交談，但是我聽不清楚對方的聲音。光線不是很刺眼，我卻看不清對方的臉。我走了一會兒，和那個人分別了，又是獨自一人。獨自一人的我，沒有去追對方，只是繼續往前走。宛如很久以前就有了要分別的覺悟，理所當然地，一個人走在看不見目的地，一望無垠的大自然中。

「哈哈哈哈哈！」突然間，房間傳來響亮的笑聲，我被驚嚇到從床上跳起來，尼采竟然坐在電腦前看著動畫發出爆笑聲。

「蛤？怎麼回事？你怎麼在我家？」我帶著惺忪睡眼，摸著放在枕頭旁的眼鏡。

尼采似乎來一陣子了，一副很放鬆的模樣坐在沙發

上，喝著看起來像抹茶的飲料。「沒事就過來了，而且妳沒鎖門，鎖也沒壞掉。啊，先不說這個，妳過來看 YouTube，把曼陀珠放在嘴裡，然後一口氣喝下整罐可樂，曼陀珠就會爆炸。據說，喝抹茶好像也會有同樣效果。」

「……」

「咦？妳沒興趣嗎？原來如此，妳就是那種瞧不起會看 YouTube 的人吧？」

「不是，等一下，我才剛起床，完全跟不上你的話題。你說門沒鎖，難不成我昨天沒鎖門就上床睡了……但是就算這樣，你擅自跑來我家是怎樣？不要嚇人好不好？」

我的睡衣全被汗水弄濕了，窗外的蟬肆無忌憚地大聲鳴叫。我戴上眼鏡，從冰箱裡把茶拿出來，和玻璃杯一起放在桌上。

「不過，我真的嚇了一大跳。還以為是變態。」

「是嗎？曼陀珠加可樂的確不太正常。」尼采一個人傻笑了起來。

「我說的不是 YouTube！是你突然出現在我家，嚇了我一跳，還以為有變態。」

「反正我不是變態，豈不是太好了？對了，昨天怎麼樣了？我本來打算如果你們去少女酒吧，我就過去。」

「喔，你說昨天的聚會。我很開心，聽了很多不同於尼采的見解。不過，因為沙特那一型我以前從沒見過，所以受到一點衝擊，或者說成人的世界還真複雜呢！」

「就如我說的，他很酷愛女色吧？他對妳伸出魔掌了嗎？」

「伸出魔掌倒不至於，但是他確實開口問我要不要跟他交往。人生第一次被告白，竟然是沙特，說真的，心情有點複雜。而且還公然在他女友面前劈腿。大人真恐怖。我還是當小孩子就好。」

「果然不出我所料。他還說了什麼？」

「嗯，他好像說了『他人即地獄』，這個我印象最深。」

「沙特很小的時候，父母就過世了，也難怪他會有把他人視為地獄的思考。」

「父母過世？原來如此。兩個人同時過世嗎？」

「不，他父親是在沙特一歲的時候過世，他母親讓沙特寄住在祖父母家，所以正確來說，有點像是被母親拋棄吧？」

「原來如此。原來他有這麼一段過去呀。」雖然和我家的狀況不同，沙特的家庭似乎也不是一般的家庭環境。

「不過，家庭背景也不是造成沙特思想的主因，只能說多少有點關係吧？」

「這麼一說，我好像有點瞭解，他給人自成一格、冷硬派的感覺……啊，對了！」

我想起昨晚沙特給我的名片。我從皮包拿出名片問尼采。「昨天，沙特跟我說，『如果想思考有關人生的問題，不妨去找這個男人。』給了我這張名片……你認識嗎？」

「認識。海德格呀。」

「你果然認識！他是什麼樣的人？」

「海德格和我一樣出生在德國。他是一位思考『存在意義』的哲學家。他無視於過去『因為有神所以存在』的假設，而是正面迎擊，思考『存在究竟是什麼』？」

「原來如此。也就是說感覺比較實際的人嗎？」

「可以說是實際，也可以說是認真、複雜的人，很難用一句話來描述。而且，因為海德格天生心臟衰弱，所以他比別人更常思考『死亡』。不過，說是思考死亡，倒不是他有自殺的想法，昭和時期的文豪或詩人，像詩人原口統三[74]說的，『把人生做為藝

74 一九二七年出生在現在的首爾。輾轉在大連、滿州國等殖民地中長大。日本戰敗一年後，投水自盡。生前所寫的《二十歲的練習曲》筆記，因為自殺成為遺作出版。

術。』被死亡吸引而自殺的人，他是『向死而生[75]』。」

「向死而生？」

「因為死亡沒有代演的替身。反正，去拜訪他對妳沒壞處。要不然，我陪妳去吧！反正我剛好很無聊。」

「什麼？可是怎麼找他？我有他的名片，寫信到這個電郵就好了嗎？」聽我這麼一說，尼采用手指把玩著瀏海，沉默了一會兒之後，他說：「沒這個必要。去堵他就好了。等他下課！直接去京都大學不就好了？」

「什麼？你是認真的嗎？」

「我一向速戰速決，不過，去不去還是由妳決定。我不喜歡強迫別人。」尼采說完笑嘻嘻地瞅著我。

「嗯……這樣啊，我覺得好像很有意思。想冒險看看！」

「亞里莎也變得積極多了。好，既然決定了就準備出發吧！」

我連忙為出門做準備，然後和尼采往出町柳車站附近的京都大學出發。雖然埋伏堵人的方法不值得被讚美，但是尼采剛剛說的「向死而生」這句話的闡述，讓我有如上鉤的魚，深深地鉤住我的心。

京都大學位於從出町柳站步行大約十分鐘，校區擁有廣大的腹地。農學院及理學院位於校園北側，中央是文學院及工學院，西南側則是醫學院、藥學院。

我們坐在中央校園鐘樓附近一家咖啡館露天座位。鐘樓前，一棵看不出樹齡、氣派的樟樹，威風凜凜地聳立著。鐘樓後方，可以看見京都的遠山，是一棟令人感受到威嚴及歷史的建築。

「接下來要做什麼？」雖然來到這裡，我卻完全不知道接下來怎麼辦。

「亞里莎，妳看這個。現在已經是可以在網路上查詢課表的年代。海德格八成講授現象學。現象學應該歸在綜合人類學院吧……啊，找到了！賓果！」

「哇，好厲害！」

「他今天的第二堂好像有課，偷偷溜進去教室也是個辦法……不過，這個時期搞不

---

75 **Being-towards-death**，譯為：面對死亡的存在，意指明白了生與死的關係，因而能勇敢面對死亡，積極地生活。

好正好是期中考。算了，等第二堂快上完時再去教室看看。下課前，我們先填飽肚子，邊抓寶[76]等吧。」尼采說完按了桌上的服務鈴。

「我想點這個總長咖哩牛排。還有，五穀米飯要大碗的！兩杯咖啡歐蕾！」

「一早就吃大分量的牛排咖哩，你還真厲害……對了，尼采。」

「怎麼了？」

「京都大學是不是氣氛有點特別？以我現在的腦袋，應該不可能考上，但是這裡的氣氛讓我有點憧憬。校園很大，這裡的時間流動不太一樣。雖然樹木很多，但是每一棵樹幹上都長附著青苔。建築物是茶紅色磚，給人一種懷舊的氣氛，咖啡館以及研究設備，卻又十分新穎，怎麼說呢？感覺非常……」

這時正門方向突然傳來笑聲。是一群穿著運動服、背著網球運動背包的男女學生。鮮艷的髮色、曬黑的皮膚，和京都大學古色古香的氣氛正好相反，完全就是時下潮流的呈現。

這群人似乎發現尼采正以不可思議的表情盯著他們，其中一個人在經過尼采身旁時，低聲說道：「哇，果京……」

聽到這麼毒舌的批評，我忍不住笑了出來。「哈哈哈哈……尼采，抱歉，我實在忍不住，剛剛那個人說你是『果京』，哈哈哈！」

尼采完全不知道發生什麼事，他彷彿受到驚嚇的小動物，露出茫然失措的神情。

「怎麼了？什麼是果京？」

「哎，笑死我了。果京，是指穿著打扮『果然是京大生』。不是常有人說，『東大要秀才，京大求天才』嗎？就是指那種埋首研究學問，對流行完全不在意，外表看起來有點怪異的人，被稱為『果京』。順便再告訴你，像剛剛那些打扮很潮的學生，稱為『潮京』，意思是：『這麼潮？看不出來是京大。』不過，聽說最近京大時尚的帥哥很多喔，『潮京』比『果京』多很多呢。」

聽我這麼一說，尼采不知道是難為情還是生氣，他滿臉通紅，用力嚼著送來的牛排咖哩。「這世上根本沒有所謂的事實！有的只是詮釋！所謂的果京並不是一種侮辱，而

76 指手機遊戲《Pokemon GO》。是一個利用定位系統的智慧型手機連線至 Google 地圖，讓玩家在現實世界行走時，對應遊戲角色移動變化的遊戲。

是指看起來聰明過人，這就是我的詮釋！」

「抱歉！抱歉！你不要生氣。」我一邊安撫尼采，一邊沉浸在校內古色古香的風景。

近代風格的研究設施和咖啡館，紅磚建造的古老建築、覆滿青苔的樹幹、宛如遮蔽住樹枝的闊葉樹，傳統及現代交織的不可思議空間，讓我看得目不轉睛。我們凝視著這樣的風景，喝著咖啡等待海德格下課，然後邊走向他所在的教室。

我們在大教室前等著，下課鐘響之後，學生陸陸續續走出來。我不知道海德格的長相，所以打算尼采認出來之後再說。不過，我忽然看到教室走出一個全身白色穿著的男性，年齡顯然比其他人大了一輪。

「尼采，你看！是不是那個人？」

「啊，沒錯，就是他！」尼采說著，跑過去叫住他。「喂，海德格！好久不見了！怎麼樣？現象學的研究還好吧？」

男子瞪大了眼睛，一副很感動的模樣，伸出雙手牢牢地握住尼采的手。「哎呀，好久不見了！怎麼了？來大學有什麼事嗎？」

「我帶了朋友過來。因為她說無論如何都想見你一面，所以我就帶她過來了。」尼采說著望向我。

「您……您好。呃，我叫做兒嶋亞里莎。」

「你好。我是海德格。」

「呃，那個……」怎麼辦？我該怎麼說才好？因為第一次見面，我緊張得說不出話，尼采頻頻撞我手肘催促著，「快一點！想說什麼就說！」

正從教室走出來的學生帶著一臉，「怎麼了？發生什麼事？」的訝異神情看著我們，我打從心底想制止尼采，這樣一來，不就活像我要跟海德格告白了嗎？雖然我無法把要說的話整理得很有頭緒，最後還是決定開門見山，說出今天來找海德格的理由。

「呃，很冒昧突然跑來。我聽沙特先生提起您，所以希望能夠聽聽海德格教授對於死亡的想法，因此今天才來這裡。雖然平時我不常思考有關死亡的問題。不過，稍微思考過後，我開始覺得死亡對於自己的人生是一件重要的事。我不夠用功，但是能不能請教一下您的看法呢？」

海德格沉默了一會兒，說道：「原來是沙特要妳找我？雖然所有的人都會面臨死亡，但是都很難正視死亡有一天會輪到自己。沒問題，請到我的研究室吧！我們在那邊談。」海德格說完轉過身背對著我們，我們跟在後面往他的研究室走去。

海德格的研究室收拾得很整齊。書架上有許多看起來相當艱澀的文獻。

「請坐。」

海德格打開採光良好的大窗。吹進研究室的風，以及收藏的古書，讓空氣中飄散著獨特令人懷念的紙香。海德格打開研究室銀色電風扇開關，我們坐在研究室裡的小折疊椅上，等著海德格開口。

「妳想問有關我對死亡的想法？我該從哪裡說起呢？還有，我的說明可能會用到很多獨特的專有名詞，妳對這個部分理解多少呢？」

「嗯，很抱歉。說實話，我一點都不懂……」

「這樣？那麼，我就從頭講起吧？首先有關死亡，兒嶋同學認為，『生』到哪裡為止？而『死』又從哪裡開始呢？」

「『生』到哪裡為止？『死』從哪裡開始？什麼意思？」

「以宗教觀念來說，有些思想認為，即使人死了，也不是真正的死亡。例如，認為肉體腐爛、但靈魂永遠活著的宗教觀念來說，即使心臟停止跳動，靈魂仍然活著，所以並非死亡。妳的想法呢？」

「我沒有這樣的宗教觀念，我覺得死亡就是死了。心臟停止跳動，就是死亡了。」

「那麼接下來，我就容易說明了。蘇格拉底的時代認為，即使死亡，靈魂仍然活著。我對死亡不是採取這種曖昧的解釋，或許我是第一個面對死亡來思考存在的哲學家。」

「這樣啊。您為什麼會有這樣的想法呢？」

「那是因為追求『**此在**[77]』的意義。」

「此……此在？」

「所謂的此在，就是此時此刻存在這裡的意思。而且，是能夠理解存在意義的存在者。我認為這是人類才具備的。」

「對不起，我完全聽不懂。能不能請教授把我當小學生呢？」

「我知道了。首先『此在』這個詞，也有人說是從文豪太宰治的筆名[78]而來的。不

---

77 Da-sein。「sein」在德文是指存在（存有）的意思；「Da」是「在……」的意思。因此，合併後意為：「……在存在之中。」一般譯為「此在」。

78 太宰治的「太宰」，發音為「da-zai」，與此在的德文發音近似。

過，無論如何這都是都市傳說，信不信由妳。」

「啊，謝謝你。這麼一說，感覺很有親切感，很容易記住呢！」

「此在，是人類才有的觀念。因為人類才有能力理解存在的概念。人類擁有此時此刻自己存在這裡的意識。而且身邊存在的物品，比方這個書架，我們能夠理解這個地方有書架，從我的角度來看，也能自然而然理解你們兩人的存在。但是，動物呢？也許動物也和人類一樣理解自己的存在。然而，動物並不理解這裡有書架，還有你們兩人的存在。動物最多能夠理解的是：有沒有食物？是不是獵食者？有沒有障礙物等等。牠們無法理解這裡有書架、有時鐘，有三個人。換句話說，會深入思考『存在』這件事，是人類才有的特質。當我們受到什麼挫折，我們會煩惱：『自己是否有存在的價值』、『存在的理由是什麼』，對於這些和存在相關的問題而苦惱，是人類特有的。」

「教授說得一點也沒錯，亞里莎。人類很麻煩。」

「存在理由……確實我偶爾也會鑽牛角尖。」

「反過來說，人是明確需要存在理由或者存在價值的動物。動物不會煩惱為什麼現在存在這裡。吃飯、睡覺、繁殖……只是作為生物維持生存。但是，人類卻很麻煩，無法只滿足於維持生存。說不定，反而沒有任何不自由只是生存時，也會感到煩惱。比如，想著：『究竟我是為了什麼而活著？』」

「原來如此。人類無法滿足只是活著呢！」

「沒錯。不過，人們平時不會去找存在的理由、謹慎地看待活著這件事。多半是埋首於日常生活，懵懵懂懂地過著過一天算一天的日子。」

「的確是這樣，雖然會在意活著的理由，但並不是二十四小時都很在意。」

「而且在每天的生活中，我們就會忘了重要的事情。」

「忘了重要的事情？」

「是的，妳認為是什麼呢？」海德格雙手交疊在膝蓋處，以和緩的口氣問我。舒服的涼風，吹動了窗簾，桌上的文件也因為風吹而翻動發出沙沙的聲響。

「咦？是什麼呢？是對身旁的人的感謝嗎……抱歉，我不知道。」

「對身旁的人的感謝？嗯，說的也是，這確實也是人們遺忘的。但是我指的並不是這個。我們平時遺忘的重要事情，是『死』這件事。」

「死……什麼意思？」

「**此在，就是向死而生**[79]。所有活著的生命，總有一天生命會走到盡頭。平時的我們卻忘了總有一天會死。忘了死亡而活著，我們未曾特別去意識到死亡而活著。」

「未曾去意識死亡而活著……」

「沒錯。我們必然會死，人類的死亡率是百分之百。只是不確定死亡時間，但是可以確認的是一定會死。公平分配給每一個人的就是死亡。但是我們平時沒有意識死亡。或許會死！害怕死亡！去意識到這件事，生病的時候，老化的時候，有時候青春期也會模模糊糊感受到死亡。在平日的生活裡，如果老是把『死亡很可怕』掛在嘴上，很不自然，可能會被別人認為精神有問題。然而，我們明明每一秒都更接近死亡。妳不覺得這一點很奇怪嗎？」

「的確。教授這麼一說，好像的確是這樣。死亡明明是人類的大前提，我們平時卻完全沒有意識到死亡。」

「沒錯。死亡造訪『**常人**[80]』，常人把死亡和自身區隔開來。」

「常人？」

「所謂的常人，換個方式說就是『無其人[81]』。」

「無其人？」

「無其人雖然指的是『人』，但並不是指特定的某個人。打個比方，妳把拍攝的影片上傳到 YouTube，然後心想著：『會有誰來看這個影片呢？』這時候的『人』，不是某個特定的人，而是無其人。」

「嗯，就像愈受歡迎的 YouTuber，愈容易被群眾看見。」尼采聽到 YouTube，身體突然靠過來，很開心地加入話題。看樣子他真的很熱衷 YouTube。

「原來如此。說是『人』，指的並不是某個特別影像，而是模糊影像的某個人？」

「沒錯，而這才是我說的『常人』。」

「請問，死亡造訪『常人』，是什麼意思呢？」

「比方說，妳瞭解自己『總有一天會死』，這不是只有妳，而是所有人都知道的事。然而，即使瞭解總有一天會死的事實，卻缺乏掌握真實感的證據。雖然瞭解遲早會死，

79 being-towards-death：意即「面對死亡的存在。」

80 德文「Das Man」，或譯為：世人、人們、一般人。

81 日常的此在是誰，這問題的答案是常人。常人，是無其人（Niemand）。所有此在相互之間，也已將自身讓渡給這個無其人了。」（出自海德格《存在與時間》一書）

卻無法具體想像是什麼狀態。也就是說，想像死亡，我們很難正視那是自己的事，總覺得事不關己。」

「事不關己？」

「是的，妳等我一下。」海德格站起來，抬頭來回梭巡著排列整齊的書架，似乎在尋找什麼，「放在哪裡呢？」然後他從書架中抽出一本書遞給我。

「這本書是？」

「這本《論死亡與臨終》，是一位精神科醫師伊麗莎白．庫伯勒．羅斯[82]所寫。作者在書中提出一個人在接受死亡的過程，他把臨終前分五階段：第一階段是否認、抗拒。否認自己即將面臨死亡的階段。第二階段是憤怒。對於死亡為什麼會降臨自己身上感到憤怒。第三階段是討價還價。竭盡所能地想延長性命，跟神或上天就死亡討價還價。第四階段是沮喪。發覺殘酷的現實，對一切感到無望而抑鬱。最後，第五階段是接受。

到了最後一個階段，人們才開始初次面對並接受死亡。不過，即使接受，也還未完全捨棄。內心還抱著些微希望，說不定自己能恢復健康；說不定還能活下去。腦袋再怎麼清楚自己總有一天會死，當死亡實際迫近時，卻無法輕易接受。即使人應該對死亡習以為常，不論是過去曾經有過想死的念頭，或是死亡沉重地壓迫著我們，都不是能夠一口氣消化的事。」

「哇！這本書好像很有趣，亞里莎，借我看一下！」尼采將我手上的書搶過去，開始專注地翻閱起來。

明明死亡有一天會降臨在自己身上，我們卻總是認為事不關己。海德格的話聽得愈多，愈是加速我內心的鼓動，心中充滿了焦躁感。雖然我不明白為什麼會有如此騷動不安的感覺襲來，但是一想到不論我多麼正面積極思考，或是多麼消極背對現實，我的人生前方，確實有著死亡的地獄深淵在等著，一想到這裡，我就覺得有一股難以承受的恐怖感。

總有一天會死。會死這件事是肯定確知的。但是仔細追溯海德格所說的，明明是自身的事，卻總覺得事不關己，就覺得莫名的恐懼。

「說的也是，確實現在稍微思考一下死究竟是怎麼一回事，內心就充滿不愉快的感

82 Elisabeth Kubler-Ross，精神科醫師、醫學博士，也是國際知名的生死學大師，同時也是安寧照護運動，最有影響力的成員之一。

覺，直視死亡，想必一定更加殘酷吧？」

「沒錯。向死而生。或許是理所當然的一件事，但是我們卻在這個社會中隨波逐流。在隨波逐流的過程中，因此**走向常人化**了。」

「走向常人化？」

「換個說法，走向常人化就是採取一個容易被取代的生存方式。總有一天會死，但是總有一天會死的事實，在現實生活卻缺乏真實感，總覺得不像真的。對我們而言，明明時間是有限的，感受上卻宛如永無休止地持續下去。覺察我們正一天天走向死亡，所以重視每一天。或許應該說，消耗每一天。」

「消耗每一天？明明時間有限，卻陷入無限的錯覺。這麼一說，這個我也有。」

「依照我的看法，動物並沒有『總有一天會死』的意識。動物只是消耗每一天活著。呼吸、吃飯、睡覺，維持生存的狀態。我認為生存和維持生存，應該是不一樣的。人類也能如同其他的動物，只需要重複著呼吸、吃飯、睡覺的生活。除了這些，人類還有大部分勞動的時間，但是像這樣的生存方式，不就正是百分之百『常人』？」

「這是什麼意思呢？」

「我認為『活出無可取代的生存方式』，才是人類應該追求的。」

「活出無可取代的生存方式，感覺……門檻很高耶！」

「為什麼妳會這麼想呢？」

「因為無可取代，只有少數被選中的人才能做到？對我這種平凡不是天才的人來說，簡直強人所難。」

「妳為什麼會有這樣的想法？」

「因為我小時候，也曾有過『只有我才做得到』這種憑空而來的自信，但是慢慢地我認清了自己的『局限』。雖然我還是高中生，但是參加考試或是田徑賽也是這個狀況，深刻地感受到自己的才能、能力有一道無法跨越的牆。雖然我也想成為獨一無二的人，但是堅信自己無可取代，只是自欺欺人而已。身旁有能力比我更強的人，也有才能比我優秀的人。我覺得我只是平凡人，隨處可見的普通人，隨著年齡增長，這樣的感受愈來愈強烈。」

海德格聽我這麼說，他微微皺起了眉頭，交疊起手臂。窗外的蟬大聲地鳴叫著，彷彿在奮力訴求什麼主張。

「嗯，那麼兒嶋同學認為無可取代的人是什麼樣子？」

「就是那些擁有我無法相比的才能，而且才能也有發揮的空間，也就是所謂的天才、能幹的人。像是蘋果公司的創辦人賈伯斯？」

「但是，這應當無法一概而論？」

「咦？為什麼？有能力的人不是旁人無法取代的嗎？」

「確實如妳所說的，由於才能的高下，是否能做出無可取代的成果也會改變。便利商店的工讀生，和紅透半邊天的歌手，各自能夠取代的人選當然無法相提並論。比方，便利商店的工讀生說，『因為受傷，下星期無法排班表。』只要稍微找找看，應該就能找到代班的人員吧？然而，如果紅透半邊天的歌手說，『因為受傷，下星期的演唱會無法演出』，唱片公司和所屬的經紀公司恐怕只能設法停辦或延期了吧？因為沒有人可以取代歌手。然而，如果以極端的方式來說，還是可以取代。」

「怎麼說呢？」

「如果就能否滿足產生利益、製作暢銷歌曲的條件來說，就有足以代替的人選。以粉絲的角度來看，或許那位歌手無人可以取代，但是只考慮數字的話，則有取代的可能。符合一定條件、功能，從概況範圍來看是有可能的。」

「是嗎？教授的意思是：擁有相近條件的歌手就可以取代嗎？」

「是的，假設有一個大型音樂祭，其中一些表演者拒絕演出。而妳是安排音樂祭演出名單的負責人，考量『只好設法調度差不多的人數、可達到同樣效果的表演者』，應該是很自然的想法吧？」

「嗯，沒錯。會考慮需要調度的人數。」

「如果以這個角度思考，真正無可取代的人應該屈指可數。確實歷史上有一些偉人，無論如何都難以取代，但是無人可取代，應該少之又少？」

尼采聽到海德格的這番話，頻頻用力點頭表示認同。因為相處的時間久了，所以我已經習以為常，但是這麼一提，尼采也是歷史上的偉人。

「這麼一想，更覺得我微不足道了，簡直隨便一個阿貓阿狗都可以取代我。」

「不，妳不需要如此沮喪。尼采，你說是不是？」

尼采停下手邊正在翻閱的書，直盯著我說：「就是嘛，亞里莎。也許妳聽了剛剛這番話會馬上聯想到自己，垂頭喪氣覺得：『這三個人當中，只有我不是偉人。』但是，接下來才要進入重點。」

「……你是安慰我，還是貶低我？我沒怎樣啦！」

「就如同尼采所說的，妳沒有必要覺得沮喪。我想告訴妳：『**任何人似乎可以被取代，其實無可取代。**』」

「似乎可以被取代，其實無可取代？」

「是的，任何人都有可能被代換，但也有可能無法代換。」

「有可能被代換，也有可能無法代換，這是指？」

「只有自己才能做得到，不可能越俎代庖的事。妳認為是什麼呢？」

「呃……是什麼呢？人生之類的嗎？」

「嗯，人生確實也是如此，還有……」

「還有？」

「那就是『死亡』。」

「又是死亡？」

「是的，我們只能活出自己的人生，然後死去。誰都無法代替我們死。舉個例子來說，假設我們被捲入某個事件，被迫參加俄羅斯輪盤的死亡遊戲，在左輪手槍的六個彈匣放入一顆子彈，參與者輪流以槍口抵住太陽穴，扣下扳機。近年來，有許多漫畫或電影都曾描寫這個情節，我想兒嶋同學應該很熟悉吧？假設在這個死亡遊戲中，妳雖然得救了，但是其中有一位參加者死了。在這個情況下，也許可以說『別人代替我死了』，但是實際上死亡的參加者，真的是妳的死亡代替者嗎？妳認為呢？」

「嗯……以長久的眼光來看，我認為並沒有代替我死亡。即使我當場免於一死，但是死亡總有一天會來到自己身上。也許是壽命已盡，或許是生病，總之遲早會死。」

「哇！亞里莎，妳的腦袋比以前靈光多了耶。」

「啊，真的嗎？」

「真的。妳的回答相當出色唷！海德格應該也這麼認為吧？」

「是的，兒嶋同學回答得相當好。我說的『似乎可以被取代，其實無可取代』，就是這個意思。就社會性的角色而言，很遺憾的可以取代的大概很多吧？與其說很多，不如說只需要去除極少特例，其他的都可以取代吧？然而，『向死而生，人就是無可取代的存在』，這句話適用於所有的人類。每個人在死亡這件事上面，都具有無可取代性。

只不過，我們平時並沒有意識到這件事。社會上多數的人，就如妳所說的，以自己的才能怎麼樣、能力怎麼樣，這些在社會性可以取代的角色，自悲自嘆。沒有發現無法取代的自己、無替代性的生存，而把焦點完全放在他人眼中的自己而生的必要性。但是，我們原本就是無可取代的存在。而且很諷刺的是，讓我們發現自己無可取代的，就是『死亡』。」

「原來如此，發生在自己身上的死亡，無法找人代替上場。」

「就是這樣，自己的死亡只有自己能夠親自體驗。當他人死去的時候，是那個人從自己的世界消失。但是自己死去時，是包含身邊的人整個世界消逝了。他人死亡時，妳能感受到那個人死去的悵然若失，但是發生在自己身上的死亡，卻連失落感也無法體驗，也就是『無法體會失落感的失落』。」

「就連感受死亡的失落感都無法感覺得到？」

「是的，因為在死亡之際，一切都已經結束。」

「……死亡，是一件很可怕的事呢！」

「但它卻是必然會發生的事。我說的『此在，就是向死而生』，還有另外一個意思。」

「另一個意思？」

「是的，我打算接下來說明。」海德格說完瞄了牆上的時鐘一眼，時鐘指著一點半。

「下午一點半了，我想先吃個午飯，我們換個地方談怎麼樣？」

「好。我們剛剛先吃過了，所以到哪裡都可以。」

「那麼，就到附近的咖啡館吧！請跟我一起來。然後稍微想一想，『此在，就是向死而生』的意義。」

海德格提著男用手拿包走出研究室。我們跟在海德格後面。此在，也就是此時此刻存在，瞭解這個意義的我們，『向死而生』，又是怎麼一回事呢？我腦海裡迴繞著想提問海德格的問題，在蟬大聲輪唱的炎熱步道上，盡可能選擇靠樹蔭下走著。

“向死而生，

人就是無可取代的存在。”

——海德格

10／人們恐懼一切，宛如會死；追求所有，宛如不朽

走出大學，過了人行道之後有一家咖啡館，海德格走了進去。看起來像是白磚砌成的建築，只開了幾扇小窗，從外觀看來，看不清楚店內的模樣。玻璃門鑲有鏽鐵般的茶紅色邊框，推開門後，幽微的照明下陳設了幾張木製大桌及板凳，室內流瀉著靜謐的氣氛。

店裡沒有播放音樂，沉靜的空間裡，只靜靜地發出人們低聲交談的聲音。海德格選了一張板凳坐下來。周圍有堆疊厚重書本用功讀書的學生、愉悅低聲交談的高中生男女、一位是頭髮已斑白、專心品嚐咖啡的女長者，每一個人都以各自的模樣存在著。

我不由得想起剛剛海德格所說的，「理解存在的自我。」正是這樣的狀況，一面看著周遭，再次有了認識。沙特提到的「注視」，以及海德格所說的「存在」，我在聽過之前和聽過之後，居然能夠以不同角度觀看眼前的景象了，實在很不可思議。

海德格點了咖啡和三明治，我和尼采則分別點了咖啡歐蕾及可可，然後我們再次延續剛剛的話題。

「這家店還不錯吧？我常下課後過來這裡。」

「氣氛確實很特別，我也喜歡。感覺能集中思考，激發很棒的創意。」尼采說著，一如往常地用手指捲著瀏海。

「尼采也喜歡真是太好了。兒嶋同學，呃，剛剛我說到哪裡了？」

「那個，『此在，就是向死而生』。」

「沒錯。此在，也就是向死而生。妳明白是什麼意義嗎？」

「嗯，除了剛剛說到的死亡必然等著我們，還有另一個意義嗎？」

「是的，向死而生的意思，並不是單純指『總有一天會死』，所以我問妳，還有什麼意義？」

「呃，老實說，我完全不知道是什麼意義。」

「妳還年輕，或許難以想像。『只有死亡，才能瞭解生是怎麼一回事。』」

「這句話是什麼意思？我聽不太懂。」

「也就是說，自己的存在是什麼？究竟自己的人生是什麼？是透過死亡，在面臨死亡之際而瞭解的。」

「正是如此，兒嶋同學，直到死才會明白，這就是人生。」

「透過死來完成，這麼說就更容易明白了吧？那麼，我出個謎題，妳想想看。」

「謎題？」

「邊想像邊回答看看。那麼，第一題，設定廚房計時器。請妳想像這個廚房計時器就是壽命。首先，把洋蔥放進鍋裡，然後放入紅蘿蔔、馬鈴薯，妳可以想像嗎？」

「嗯，我正在努力想像。」我閉上眼睛，想著放入洋蔥、紅蘿蔔、馬鈴薯的鍋子。

「最後淋了大量的橄欖油，好了！這時計時器突然響了。妳會做出什麼料理呢？」

「嗯……」

「我知道！《食尚帥主廚[83]》料理，對吧！」尼采大聲喊道。

我因為尼采大喊的聲音，驚訝地睜開了眼睛。出現在我眼前的是，交疊著手臂、仍然閉著眼睛、一臉得意洋洋的尼采。而坐在我對面的海德格，則手心朝上對著我，彷彿

83　由速水茂虎道主持的《MOCO'S Kitchen》，幾乎每道料理都會用到大量的橄欖油而廣為人知。

在說，「妳也說說看」。

「一聽到橄欖油，的確會想到速水茂虎道，正確答案是『橄欖油拌燙青菜』？」

「完全正確！計時器這時一響，做出的料理就是『橄欖油拌燙青菜』。的確很像《食尚帥主廚》會出現的食譜，不過很可惜的，尼采答錯了。」

「可惡！下一題，下一題！」尼采仍然閉著眼，很懊惱地說道。

「好，接下來是第二題。繼續在鍋裡加入牛肉和咖哩粉，繼續燉煮一段時間……好！這時計時器響了，請問會做出什麼料理？」

「我知道！是咖哩！這也很像《食尚帥主廚》會出現的料理！」

海德格再次把手心朝上對著我，彷彿在催促我回答。

「嗯，橄欖油風味的『咖哩』嗎？」

「是的，完全正確！兩人都答對了！繼續對抗。接著是最後一題。兒嶋同學如果答對就是滿分，兒嶋同學要是答錯、尼采答對就是同分。」

「看我的！快點出題！」

「好，最後一題。目前雖然是橄欖油風味的咖哩，但是接下來鍋裡又加入更多的食材。有風味強烈的臭鹹魚乾、魚膘，還有大量的綠色蘇打水。好，這時計時器響了！請問會變成什麼？」

「唔……是什麼呢？」尼采閉著眼、皺起眉，食指捲著瀏海一副苦惱的模樣。

「兒嶋同學有答案嗎？」

「嗯，不太喜歡這個想像，大概是『黑暗火鍋[84]』？」

「嗯，這是妳決定的答案，確定不改？」海德格帶著奇妙的神情問我。

「是的，確定不改。」

「尼采，有沒有想到答案呢？我要開始倒數了，五、四、三、二、一，時間到！兒嶋同學答對了！正確答案是『黑暗火鍋』，恭喜妳獲勝！」

「喔，恭喜妳呀。」

「尼采真是太可惜了。」

尼采可能相當懊惱吧，以不服氣的表情咕噥著「原來是這個啊」、「啊呀，沒錯，就是這樣！」一副答案早就了然於心的模樣。

---

84 一種煮食火鍋的遊戲。規則是每人至少帶一種食材進入漆黑的房間，在不清楚他人帶的食材的情況下，將所有食材投入鍋中，煮好之後在漆黑中開動，夾到什麼就要吃什麼。

海德格朝著我輕輕地拍手說：「沒錯，就是這麼回事。雖然是半開玩笑的例子，妳能瞭解剛剛這些謎題的意思嗎？」

「嗯……是什麼意思？」

「以剛剛的例子來說，計時器就是壽命，也就是說明死亡的例題。也就是說，我們的人生究竟是什麼？會有什麼狀況，最後決定的一刻就是死亡的時候。妳不妨想成，因為死亡而完成自己的人生。以剛剛的例子來說，橄欖油拌燙青菜的狀況下計時器響了，就完成了『橄欖油拌燙青菜料理』。但是加了牛肉及咖哩粉的情況下計時器響了，就變成了『咖哩』。『黑暗火鍋』的情況也是一樣。也就是說，自己的人生走到盡頭的時候，才能斷定自己的人生究竟是什麼。反過來說，在死亡以前，自己的人生處於無法斷定究竟是什麼狀態。」

「原來如此！意思是必須等到最後死亡才能明白。」

「有些人抱著人生有最佳年齡的想法，以古希臘來說，當時認為人生的高峰是四十歲。然而，唯有透過死亡，人們才能斷定自己的人生或自己究竟是什麼樣子。也就是說，直到死亡以前，無法精算人生的意義。」

海德格說到這裡，尼采突然站起身。我還以為發生什麼事，沒想到尼采突然用力拍手、叫嚷著：「可惡！雖然很不甘心，但是我太感動了！剛剛的說明太精彩了！」

尼采的拍手聲在安靜的店裡迴響著。「發生什麼事了？」周遭的人都帶著驚訝的目光看著尼采，不，應該說是瞪著他。

「尼采，冷靜一點。你這樣簡直像是親戚喜宴上喝醉酒的大叔。」我扯著尼采的手臂，強迫他坐下來。

尼采拿下眼鏡，用擦手的濕毛巾拭去淚水。「哎呀，我深受感動了。海德格的說明果然高明，真不愧是教授，太精彩了！」

「海德格教授的想法，很能鼓舞人心呢。心情沮喪時，覺得『我的人生完了，沒希望了』，但是其實還不到精算的階段。」

「我要說的能夠傳達給妳實在太好了！」

海德格說著露出微笑。可能是因為習慣面對怪胎學生，他完全沒有受到尼采突如其來的舉動影響，舉止始終很沉穩。

「尼采，謝謝你的讚美。能夠聽到你這麼說我實在很開心。剛剛也說過了，我們總有一天會死，因此，至少我們應該在死亡來臨之前，活在我們的『**本真**[85]』。」

海德格說到這裡，又出現一個我不曾聽過的詞彙。

「本真……這是什麼意思？」

「我認為人生有兩種生存方式。一種是『本真』，一種是『非本真[86]』。」

「本真與非本真？」

「先從非本真開始說吧！所謂『非本真』，就是做為常人而生存。」

「所謂常人，就是湮沒在人群中，或是具有被取代性的意思吧？」

「是的，忘卻自己是無可取代的存在，或是遲早會死，只是茫然地活著，過著日復一日的每一天。沉淪於日常生活中，沉淪於具有被取代性的生存方式。」

「被說得這麼明白，還真的有點難受……」

「遺忘死亡，是因為以為自己的人生可以持續到永遠，而產生了時間無限的錯覺。

那麼，妳認為應該怎麼做才能擺脫常人的狀態呢？」

「那就是……死？看穿死亡這件事。」

「是的，總算說出正確答案。人必須要有看穿死亡的覺悟。我稱它為：『**先行的決斷**[87]』。」

「先行的決斷？」

「是的，預期死亡的來臨而能看穿一切，帶著面對死亡的決心而活著。我們常會看到，〈要是你只剩下一星期可活，你會怎麼度過？〉這類具有啟發性的文章，或許很接近這個意思。如果生命只剩一個星期，竭盡所能擬定建設性的計劃，挑戰各種的可能性！雖然不見得能做到這個樣子，即使一星期之後沒有死亡，過了幾十年之後還是會死。說得極端一點，一星期之後死也不是不可能。換言之，不論死期何時來臨，接受『自己確實會死』這個殘酷的事實，領悟總有一天會死，然後活在當下。就是帶著這樣的先行決斷，活出『本真』。」

「一點也沒錯，雖然不確定死期，但是死亡是確實的，如果從本真的生存方式失焦，只會浪費人生唷！」

---

85 **Eigentlichkeit**，源自 **Eigen** 這個詞。「**Eigen**」的意思是「自己的」；從字面上講就是「我自己」、「屬於我的東西」。

86 **Uneigentlichkeit**。海德格的非本真，指的是「常人」，相對於「本真」。

87 **Vorlaufende Entschlossenheit**。海德格認為，當人類察覺無法掙脫死亡，將決定走向應前往的道路。

「本真的生存方式？」

「所謂本真的生存方式，就是覺悟死亡遲早會來臨，活出只有自己才能做到的人生。充分發揮自己的可能性以及剩下的時間，活下去。聽起來是理所當然的事，但是我們在日常生活中，總會忘了死亡。像我們現在這樣談論之際，雖然能夠感受到人生或活著的珍貴、可愛，很快地就會在日常生活中沉淪。但是，我希望妳不要忘記，不論我們抱持著什麼想法、如何度過每一天，雖然死亡、結束的一天，總有一天會來臨。但是，在結束的那天來臨之前，妳以什麼樣的方式去度過每一天，絕對和妳息息相關。」

「說的也是，不去意識時間，或許真的很容易渾渾噩噩地就這麼過日子……」

在我們熱烈地低聲交談之際，馬鈴薯沙拉三明治送來了，海德格自言自語般地說聲「我開動了」，大口咬下三明治。

海德格吃著三明治，我則獨自思考著該怎麼做才不會忘記死亡。想要不忘記死亡很難。即使現在聽著海德格的講述，能夠意識到死亡，過沒多久也就拋到腦後了吧？大概又會回到只是茫茫然度過每一天的日子吧？如果想打破這樣的現狀我該怎麼做呢？我不斷地在心中反芻著海德格說的話，試圖牢牢地記住。

海德格大約吃了一半的三明治之後，再次緩緩地說道。「人，如果腦海裡存著希望能死得更好的念頭，對於生存就會產生執著。然而，相反的，過度受制於『必須活得更好才行』的觀念，有時會產生死了反而比較輕鬆的念頭。」

「這個想法我能瞭解。有時心情低落時，確實會這麼想。」

「是的，當人們想著死了反而比較好，往往是因為『必須活得比現在更好』的理想或強迫的觀念，在心中作祟。與其說想死，不如說在天秤上衡量生存的痛苦與死亡時，死亡似乎比較輕鬆，而不是發自內心想死。」

「生與死，是一體兩面，切也切不斷的關係呢。」

「是的，有生才有死，因為死的陰暗才能烘托出生的光輝，不是嗎？我們對於生存採取什麼態度，也會使得剩餘時間的利用方式發生變化。」

「剩餘時間的利用方式？」

「嗯，或許說來很殘酷，但是我們不是基於自身的渴望而存在。我們並不是因為祈盼『我希望被生下來』，而誕生在這個世界上。」

「讀國中的時候，我曾經對父母這麼說過……我又沒拜託你們把我生下來。現在回想起來，根本是遷怒。」

「不過，這卻是真相，不是嗎？這個世界上沒有人可以決定自己的出生，而是當我們覺察時，就已經存在這裡。」

「當我們覺察時，就已經存在？」

「是的。剛出生的嬰兒，我想並不至於會有『我發現我存在』的想法，更正確的說法是，嬰兒沒有自己存在這個世界的意識。我們被拋進這個世界，成為一種在世的存有。我把這種現象稱為『被拋擲性[88]』。」

「被拋進這個世界？」

「無論是自己想或不想，無法經由選擇而被拋進這個世界而存在。而且人生就此展開，被迫站在起跑點。當你開始起跑時，通往死亡終點線的倒數計時就開始了。只不過，我們是在不知道計時器何時會響起的情況下，活著。」

「原來如此，倒數計時從很早之前就開始了呢。」

「是的，正是如此。我們平時被『通俗的時間』奪去了注意力。現在是幾月幾日、幾點幾分，這是所有人共同的時間概念。其中，我們幾乎每天將好奇心灌注在今天要做什麼、明天要做什麼，而消耗掉每一天的時間。即使打算思考未來，卻仍有如他人的事情般，要是能這樣就好了、要是事情能這麼發展就太棒了，在說出這些希望的時候，就如同說著『有一天我也會死』，即使說出口，心情上卻彷彿事不關己。」

「的確，思考未來事情的時候，即使思考著，卻總是懷著模稜兩可的希望，最後草草了事。」

「這時候重要的是意識到『**原初的時間**』。覺察人生剩餘時間的有限性而生存的時間，就是『原初的時間』。舉個例子來說，妳曾經有過這樣的經驗？考試前整天都用功讀書，和沒什麼特別活動、無所事事過了一天，雖然流逝的時間相同，但一天下來，時間的密度卻不一樣？時間有確定性和不確定性。是要茫然地把自己置於流逝的時間當中，或是能夠自覺在時間有限的情況下度過一整天，如何選擇，全憑自己的決定。然後，當我們**瞭解自己的時間有限，正向面對死亡，就能把自身抛向未來**。」

「抛向未來？」

「是的，不是沉淪於眼前的事項或日復一日的每一天，而是覺察本身壽命的有限性，從未來推算到現在，然後創造出自己。正因為有死亡的事實，才能重新看清現在。」

---

88 Geworfenheit：英譯為「thrownness」，意指人類被抛進這個世界，我們無法決定自己的出生，存在之前不可能預先決定自己是否要存在。

死亡為什麼可怕？即使我們無法說明確實的原因，也不想死。然而，正因為死，我們才能發現本真。」

「這是什麼意思？」

海德格一口氣喝光了咖啡，歇了一會兒緩緩地說：「這個世上有許多的可能性。換個說法就是，我們身處在形形色色的誘惑當中。會不會受到影響雖然全看自己，但是自己做了某種選擇，未必能夠不迷失自我、而正確地選擇。嶄新的事物總是更容易吸引目光。希望輕鬆享樂，人們就會花言巧語、自欺欺人。當一切都順遂時，就會過度自信而輕視他人，因為人類是缺乏一貫性的動物。」

「缺乏一貫性？」

「是的，即使原本有什麼重要事物，有一天可能變得不重要或無法重視。內在的價值觀會改變，有時可能無法再重視，或是注意力移向其他事物，而忘了原本的事物有多麼重要。尤其當艱困的現實阻擋在眼前、發生痛苦的事情時，很可能會自我迷失，不知道什麼才是正確的，不清楚該做什麼選擇，在人生當中不是很常發生嗎？雖然人會追求一貫性，但是原本就沒有一貫性才是人類。然而，正是因為這樣的時刻，請妳務必再次確認，自己的人生面對著死亡。

對自己而言，什麼是真實？什麼不是真實？什麼重要？什麼只是鬼迷心竅？我們平時會看走眼。但是好好地覺察死亡、重新審視剩餘時間的有限性，什麼對自己才正確，就能腳踏實地判斷出來。古希臘哲學家塞內卡[89]曾說：『**人們恐懼一切，宛如會死；追求所有，宛如不朽。**』人類會變得畏縮不前、不敢挑戰、擁有過多欲望。但是，人生只有一次，不妨全力以赴，去做妳認為重要的事情，因為死亡也能讓生存發出耀眼的光芒。」海德格說得鏗鏘有力。

我聽了海德格的這段話，可能是內心感動而波濤洶湧，竟然不可思議地沒有食慾。該怎麼說呢？直到今天，活著這件事，以及有一天會死，究竟是怎麼一回事，和我以往的感受完全不同，衝擊著我的內心。有一天我將會死亡，這並非事不關己。這麼一想，我就更加渴望探求自己活著的意義。如果照沙特說的，生存的意義必須親自探尋，但是

89 Lucius Annaeus Seneca：約西元前四年~西元六五年。古羅馬時代著名斯多亞學派哲學家。曾任尼祿皇帝的導師及顧問。

我的人生從很早以前就開始了。在今天之前的人生，雖然有成長，但是我並沒有面對自己的死亡，確實地踩出每一步。這麼一想，除了想要珍惜剩餘的人生歲月，也有些後悔，要是能更早知道這個道理就好了。

自己究竟是什麼？我突然覺得自己是一個孤獨的存在。看似與他人處在同樣的空間，卻又是個別的存在，這就是自己。不論是朋友或家人，或許都是相同的狀況。人，終究是孑然一身。即使有家庭也是一個個單獨的個人，只是各自扮演父親、母親、哥哥、女兒等角色，逐一建立起關係。但是各人有各人的角色，也是獨立的個人。或許我對於家庭的關係、對於父母，一直把心目中「一般的父親」的理想圖像，硬套用在他們身上。

就如同我今天早上做的夢一樣，不僅是我，每個人都是獨自一人。這不是應該悲嘆的事情，而是必然的宿命。

「非常謝謝您。在今天聽了這番話之前，我的確把死亡當作別人的事情。雖然過往我對死亡茫然，而且未加思索，我希望能夠更仔細思考今天所談的內容。」

「那真是太好了！那麼，我們差不多該結帳了？」

「也好，出去之前我先去一下廁所。」尼采說完，站起來走向店裡的廁所。聽見廁所門關起來的聲響之後，海德格開口了。

「嗯，我有點在意一件事，可以問妳一個問題嗎？」

「好的，什麼問題呢？」

「妳為什麼會和尼采在一起呢？遇見尼采，對妳有什麼意義呢？」

突如其來地被問到我不曾想過的事，我一下子愣住了。「這個嘛……是為什麼呢？尼采曾對我說，要讓我變成超人！呃，和他在一起的意義嘛……」

海德格露出了微笑之後說道：「對妳而言，遇見尼采對妳有什麼意義？妳對於哲學做了什麼詮釋？有意義的話，不妨想一想。」

「好的，我知道了。我會想一想。」

「聆聽別人說的、或者透過閱讀，都是經由他人而瞭解某些事。把他人的思想帶回來，以自己的腦袋思考，才能產生自己的想法。雖然思考不是一件輕鬆的事，但是請妳摸索出自己的答案。那麼，等尼采出來我們就走吧！我要回研究室。」

等尼采從廁所出來之後，我們走出咖啡館，再度走在四處蟬鳴的街道上。

以往把自己的存在視為理所當然的世界。曾幾何時，我已經習慣了走在我身邊的尼采的存在；以及沐浴在夏天的艷陽下，走得滿頭是汗的我的存在。一切彷彿都是理所當然，在我眼前沒有答案的一切日常，曾幾何時我開始熱衷地思索。如海德格所說的，聆聽別人說的、或者透過閱讀，是經由他人的頭腦而瞭解某些事。那麼，我也不能永遠只是把尼采的思想照單全收。

不該結束在因為尼采這麼說就算了。而是把尼采的思想作為材料，推論出自己的思想。思考，應該是這麼回事吧？這一點和尼采說過的，「所謂超人，就是能夠接納永劫回歸，創造嶄新價值的人。」道理應當相通吧？我第一次確實地感受到，真的能夠以自己的思考去咀嚼言詞的意義。

京都大學的西部講堂傳來小喇叭的樂聲，大概是管樂社團在練習吹奏吧！強勁有力的樂聲，有如儀式慶典的開場樂般，令人心情格外舒暢。

11／兩人以上才有真理可言

咚咚鏘、咚咚鏘，外頭不斷傳來祇園祭慶典樂聲。

今天是宵山祭。

殘留暑氣悶熱的夜晚，四条通人潮擠得水洩不通，使得熱氣更加渲騰。炒麵、蘋果糖、牛肉串、烤魷魚等等，五花八門的攤販林立、擁擠並排在一起。演奏太鼓、笛、鉦的人，坐在裝飾了許多燈籠的山鉾上層，祇園祭傳統樂聲使得宵山的夜晚，熱鬧非凡。

「真是充滿京都風情。接下來要吃什麼好？」尼采手持著吃光炸雞的紙杯，環顧四周，開始物色攤販食物。

「你還要吃？我真的吃不下了。我們剛剛不是吃了炸雞塊、烤魷魚，還有章魚燒？另外還吃了地瓜條，對吧？我覺得吃夠多了……」

「妳說什麼？妳有夠沒用的！我再吃一碗拉麵也沒問題。」尼采似乎發自內心地享受著祇園祭的氣氛。

我們早早從傍晚開始就邊逛著邊欣賞祇園祭，大約已經過了兩個鐘頭。在如此悶熱的天氣，在擁擠的人群中一直走著，說真的，我走得很累了。我建議尼采找一家店坐下來休息，但是尼采完全投入在祭典的熱鬧氣氛中。

「我看這樣吧，我的腳痠了，我到附近咖啡館等你，你等一下再來找我。」

「妳不要緊吧？」尼采一臉擔心的表情看著我，但是就在下一秒說出：「既然這樣那就沒辦法了。那麼，大約一個鐘頭之後見！」一說完，他立刻消失在人群中。

真是有夠我行我素……被留在原地的我，對於尼采隨興所致的行為目瞪口呆。但是要追上去也很麻煩，所以我便開始尋找附近的店家。開在四条通街上的店家，每一間都擠滿了人、人、人。看樣子，大概所有的店都客滿了吧？

我突然想起上一次參加祇園祭，是國中二年級和家人一起去的。自從聽了海德格的一席話之後，每當我想起家人的事，腦海中已經不太會出現一片茫然的異樣感。我既是父母的女兒，也是名字叫兒嶋亞里莎的個人。不論父親、母親、哥哥都一樣，他們也是父親、母親、哥哥的身分，同時也是獨立的個人。這麼一想，以往那種被拋置在一旁的受害者意識，逐漸變淡了。

確實我也有羨慕身旁的朋友生在普通家庭環境的時候，但是每個人都有屬於自己的人生。要求父母親符合一般家庭的框架，究竟有什麼意義，這麼思考之下，我開始覺得抱持著這樣的想法也無濟於事。

要是我跟朋友說，想必他們會出於同情安慰我：「妳不必這麼逞強呀！」或許我現在的想法確實是在逞強。

但是身為一個獨立的個人，我的人生早就在很久之前就開始了。

對自己的環境怨天尤人、哀聲嘆氣很簡單。但是這麼做，未來不會帶來任何喜悅。我並不想在未來死亡到來之際，只是感嘆著自己的命運悲慘。這麼一想，我突然不可思議地想念著家人。

宵山祭的夜晚很不可思議，四条通上擠滿了參加祭典的人潮。但是一走到五条通的瞬間，祭典的氣氛便消失殆盡，宛如平時的靜謐夜晚。為了從喧擾聲中平靜下來，我走向了五条通。

走進五条通後，眼前便出現一家面向鴨川，木屋町通上的咖啡館。

這家店是從木屋町通穿進一條狹窄巷弄的裡面。雖然是咖啡館，夜裡似乎也併設酒吧。店內有幾對浴衣打扮的情侶。

我找出這家店的網址，然後傳簡訊告訴尼采，「我待在這家店」。

雖然參加完祇園祭回家的人帶著些許吵嘈的氣氛，但是店裡比起外面安靜多了。我點了薑汁汽水，稍微讓疲累的雙腳歇息一下。

凝視著店裡稍微受祭典影響的氣氛，我思索著前幾天海德格給我的問題。

「對妳而言，遇見尼采對妳有什麼意義，妳對於哲學有什麼樣的詮釋？有意義的話，不妨想一想。」

從海德格問我這個問題的那一天開始，我便想著和尼采在一起究竟有什麼意義？對於哲學究竟能做出什麼樣的詮釋，但是我似乎連一點點能發現的希望都看不到，讓我很焦慮。這種感覺就像伸手可及卻觸碰不著，似乎可以見到光卻又摸不著。

和尼采在一起就有新的發現，讓我很驚奇。尼采所說的話，雖然有時我也是一知半解，如果是從前的我，可能聽過就算了，現在的我學會去咀嚼話中的意義，試著去思考其中的道理，對我而言有很大的進步。

如果我沒認識尼采，現在我會過著怎樣的日子呢？至少，我應該不會一個人來這家店吧？而且，我多半會懷抱著說不出口的寂寞，認為沒有人需要我，只是沉溺在過一天算一天的日子裡，成為有氣無力、空虛的人。

這不僅只是我和尼采之間，我和齊克果、叔本華、沙特、海德格的相遇，也可以這麼說吧？聽了哲學家們所說的道理，除了驚奇，也有許許多多令我恍然大悟的事情。但是，倘若我一輩子都沒接觸過「哲學」，就這麼活下去……那將會是什麼樣子呢？而鑽研「哲學」，其中又有什麼意義呢？

我想著這些事，突然聽到門口傳來尼采的聲音。

「亞里莎在哪裡？」尼采以有些口齒不清的聲音叫嚷著。隔壁桌的情侶相視而笑，帶著一臉「有沒有聽見奇怪的喊叫聲」的表情。我連忙下了樓，走到門口去迎接尼采。

一到門口便看見爛醉如泥的尼采，以及一個穿著浴衣，讓尼采靠在他肩上的男子。看起來像是三十初頭的男性，端正的雙眉、眼角微微地下垂的清秀長相，頂著清爽的茶色頭髮，是一個滿面笑容的浴衣男子。

「尼采，不要緊吧？啊，真抱歉！」

「不客氣。碰巧在前面遇到尼采。我看到他好像醉了。看樣子大概是日本酒喝得太多，超過極限……」浴衣男子扶著尼采說道。

「一身酒臭味！啊，對不起。我朋友給你添麻煩了！」

「添、添什麼麻煩？嗝……是我帶他來的！」尼采喝得爛醉，又大聲叫嚷起來。

「別這樣！你別這麼大聲！你不要緊吧……是不是很難受？」

「我沒問題！亞里莎，他是雅士培[90]。嗝……我正巧遇他，所以就帶他來給妳認識了！」尼采說著面向我，因為醉得太厲害，目光似乎一直無法對焦。

我們把尼采帶到二樓，讓他坐在沙發上。剛坐下來，尼采頗有氣勢地喊著：「我要生啤酒！」但是啤酒還沒有送來，他就像個孩子似地熟睡了。

我向坐在對面的浴衣男子賠不是。「真是對不起。等一下我會想辦法，你不用介意，可以先離開沒關係。」

「哈哈，妳年紀雖然輕，卻很有禮貌。妳不需要介意。」男子說著莞爾一笑。

「你穿著浴衣，應該還要回去祇園祭？」

「話是沒錯。但是我和尼采很久沒碰面了，所以很開心。妳完全不需要在意唷。何況，他這個樣子我也有點擔心。」

「是嗎？真對不起。請問，可以請教你的名字……」

「啊，我嗎？我叫雅士培，和尼采一樣是哲學家，本行是醫生。」

「咦？是這樣嗎？很抱歉現在才自我介紹，我叫兒嶋亞里莎。」

「亞里莎？妳好。」

雅士培說著喝了一口啤酒。「亞里莎，妳一直和尼采在一起，所以妳也正在研究哲學嗎？」

「不是的。我完全和哲學家沾不上邊。只不過尼采告訴我許多事情，我開始一點一點地學著去思考，但是哲學真的很難。」

「很難？」

「是的，我並不像尼采那樣能夠清楚地主張自己的想法，生存方式應該這樣！過去我沒有抱著這類的想法而活著，直到遇見尼采我才開始思考，但是還沒有辦法到達擁有自己的結論。」

「才剛見面或許這麼問很突兀，我可以問妳一個問題嗎？」雅士培帶著微笑問著。

---

90 Karl Jaspers（一八八三～一九六九年），德國的存在哲學大師。思想深受康德、齊克果、尼采、韋伯等人的影響。

「請說，什麼問題呢？」

「對妳而言，哲學是什麼呢？」

沒想到雅士培竟然一見面就問我剛剛一個人獨自思索的問題。「好巧，我剛剛正好在想這個問題。所謂的**哲學**，究竟是什麼？」

「那麼，妳有什麼想法？」

「嗯，說真的，我不太清楚……雖然東想西想了很多，事實上也有讓我覺得驚訝的部分。但是，對於思考究竟什麼是哲學，還是很困難。對我來說，雖然是改變想法的一個起點，但是被問到哲學是什麼，還是答不出來。」

雅士培聽我這麼一說，呵呵呵地笑了起來。「我能夠理解妳的想法。哲學本來就是一門派不上用場的學問。」

「『派不上用場』？等等，你是哲學家吧？但是你卻說哲學派不上用場！為什麼？」

「這是因為哲學無法得出，每個人都由衷地說『這才是真理』的成果。我認為哲學究竟是什麼，因人而異。有人認為哲學能夠激勵自己，有人則認為哲學是無意義的問答。而且對一般人來說，可能無法理解或覺得吃力不討好，認為哲學很麻煩也大有人在，所以我說，這是一門派不上用場的學問。」

「呃……具體來說是什麼意思？」

「以科學為例，不是可以證明『這才是真的』的答案嗎？然而，哲學經歷數千年的研究，卻沒有得出所有人一致接受的答案唷！缺乏公認的答案，沒有所謂的真理，這就是哲學。」

缺乏公認的真理及答案……這麼一說，真的是這樣。沙特說，尼采和齊克果，他們兩人對信神與不信神的前提不同，就是這樣。尼采說過，『永劫回歸。』海德格則說，『此在，就是向死而生。』我所遇到這些哲學家思考的論點，若說有沒有一個決定性的共同理論，似乎是沒有。但是可以因此就說，哲學派不上用場嗎？

我進一步請教雅士培：「或許哲學確實缺乏公認的理論，但是，這樣就表示派不上用場嗎？我聽了尼采和其他幾位哲學家的理論而受到激勵，我認為是有用的。」

「我想說的是，哲學當中缺乏『決定性的實用智慧』。比如像，日本傳統零食『老婆婆烤仙貝』，包裝背面印製的生活小常識——橘子皮沾鹽可以去除茶漬。哲學並不是對任何人都很實用的知識。但是，不是所有人都一致認同的答案，換個說法則是，任何人都可以研究的學問。」

「這又是什麼意思？」

「如果要瞭解或研究科學，需要經過訓練。例如，必須學習一定的公式、定律等等，沒有基礎知識就無法正確判斷。理解『哲學史』雖然需要具備知識，但是『哲學』呢？即使我們對於哲學不具備什麼重要知識，仍然可以進行思考。為什麼活著？究竟我是什麼？即使沒有標準答案，也能自行思考、和別人討論。換句話說，即使沒有基礎知識或資格，任何人都可以追求的一門學問。」

「這麼一說，的確是這樣沒錯。」

「妳在童年的時候，應該也曾有過對許多事情感到不可思議的經驗。隨著成長，開始因為常識的限制，覺得不可思議的事情就逐漸減少了，但是童年一定有過不受任何侷限，對許多事都抱持著好奇。我認為哲學大概就很接近這種感覺吧。即使沒有得出答案或真理，對於不可思議的事情，懷抱著『為什麼會這樣呢』的疑問，試著去思考。比起得出某個答案，思考本身更具意義。就算沒有得出答案，在尋找答案的過程中，凝縮了哲學的意義。」

「思考的過程具有意義？」

「是的。所以亞里莎，哲學的價值正是在沒有標準答案而進行思考的過程當中唷！另外，哲學有『三項根源』。」

「三項根源？那是什麼？」

「意思是進行哲學思考的契機有三項。在這三種情況下，我們會進行哲學思考。第一是『驚奇』，第二是『懷疑』，第三是『喪失』，三個契機。」

「驚奇、懷疑、喪失？」

「是的。就像蘇格拉底的弟子柏拉圖說過的：『**驚奇是求知的開始**。』思考的契機是出自覺得意想不到的驚奇，而感到不可思議的驚奇，稱為『**thaumazein**』。」

「thaumazein？發音好像賽馬的名字。第三彎道，目前是thaumazein領先！thaumazein！」

「這個字聽起來特別響亮吧？第一是thaumazein，也就是驚奇。意思是，並非因為日常生活需要而思考。舉例來說，假設妳看到分布在宇宙的星星，覺得不可思議，心想著：『雖然星空的存在是理所當然的，但是宇宙的起源究竟是什麼？』這個疑問說白了，對於日常生活不會帶來任何作用。並不會因為思考了宇宙，明天就有飯吃，或是出人頭地，也就是日常生活派不上用場；但是當思考接近某個真理時，便能夠獲得滿足感，『啊，原來是這樣！』哲學思考就是這樣的產物。」

「原來如此。剛剛你說的哲學派不上用場，就很接近這個道理。」

「第二個契機是『懷疑』。代表的例子大概就是笛卡兒[91]的『我思故我在』。」

「這句話我好像聽過。」

「笛卡兒是一個對自己、對一切抱著懷疑態度的哲學家。也就是抱持著疑問去思考，『雖然大家都認為理所當然，但真的是這樣嗎？』這就是第二個哲學思考契機。沒有疑問，就沒有哲學。但是，所謂的疑問，就某個層面的意義來說，是無止境的泥沼。例如，對眼前這個啤酒杯，以懷疑的態度思考著：這個啤酒杯真的是我眼睛看到的形狀嗎？但在這之前要懷疑的是，這個啤酒杯真的存在嗎？我看到會不會只是幻影？

再更進一步思考的話，則是懷疑雖然我看到啤酒杯，但是這一切會不會是我的幻想？所謂的懷疑，就是無止境的泥沼。不過，繼續深入大概只會讓妳覺得很無趣，就先到這邊打住吧！哲學思考的第二個契機，是以上說的懷疑。第三個契機則是喪失。」

雅士培拿起桌上的啤酒喝了一口。坐在一旁的尼采手托著腮皺著眉頭，不時發出鼾聲繼續熟睡著。店裡播放著熟悉的流行西洋歌曲，交雜著人們熱絡的談話聲。

「喪失？」我拿起薑汁汽水。

「是的。喪失。妳聽過斯多噶學派嗎？據說，來自理性、禁慾主義思考的『Stoic』

這個詞彙。斯多噶學派的哲學家愛比克泰德曾說過：『**哲學源於承認自身的脆弱與無力。**』雖然我說第三個契機是喪失，但正確的說法是，自我喪失的意識。這是什麼意思呢？當自己置身於無能為力的困苦狀況，而開始思考自己的問題。例如，當面臨隨時可能死亡、受到偶然事件的左右、憑自身能力無法改變的時候，人將會思考『我究竟算什麼』。妳是否也曾有過類似的經驗？」

「嗯，無能為力的時候，確實會想自己究竟算什麼。」

「這就是喪失。就如同我剛剛說的，驚奇、懷疑、喪失是哲學思考的三契機。」

「我試著分別想像一下這三種狀況，確實任何一種都是深入思考起點的感覺。」

「反過來說，若是重視哲學思考，不妨慎重地接受這三個契機。不要盲從，而要試著懷疑，或是不要放過靈光一閃的驚奇。」雅士培說到這裡，喝著啤酒看向尼采。

尼采依然沒有醒來的跡象，還是撐著手肘、皺著眉頭發出鼾聲。雅士培帶著微笑，注視著尼采。我用吸管喝著冰塊融解而甜味變淡的薑汁汽水。

---

91 René Descartes（一五九六～一六五〇），法國著名哲學家、數學家、物理學家。

「亞里莎平時都思考什麼事情呢？」雅士培注視著我問道。

「咦？思考什麼？為什麼突然這麼問？」

「因為我剛剛問妳，『對妳而言，哲學是什麼？』妳不是回答我，『正好在想這個問題』嗎？所以我才想問妳，除了哲學之外，還思考什麼事情呢？」

「嗯……我剛剛在想的是意義。」

「意義？」

「是的。有人問我，『遇見尼采，對我而言有什麼意義』，原本我不曾想過這件事，我重新思考之後，仍然不太明白。」

「如果可以的話，方便告訴我是誰問妳的嗎？」

「是京都大學的海德格教授。」

「原來是海德格。呵呵，那麼我可以給妳提示。說到人類，**一個人就成了無。**」

「咦？一個人會變成無？我剛剛想的反而是人原本就是獨自一個人。」

「確實人都是獨自一人。但是人就如同我剛剛說的，也有無法跨越的障礙、挫折。例如，發現來日不多、發生戰爭等等遭遇，被自己無可奈何的偶然所左右，種種的挫折等等，我把這些無法憑藉自身力量扭轉的情況，稱為『界限處境[92]』。」

「界限處境？」

「是的。而且只要人們活在這個世上，遲早都必須經驗這個自身無能為力的狀況。例如，有朝一日必須面對死亡的事實，憑一己之力無法有任何改變；捲入戰爭不也一樣嗎？光靠一個人的力量也無可奈何。自己或身旁那些重要的人過世等等痛苦的事情，同樣也是無能為力。」

「的確，有些悲劇想躲也躲不開。」

「是的，但是有時人遇到挫折，也是為了成就那個人。」

「挫折是為了成就那個人？」

「沒錯。遭遇極悲慘的不幸、遇到挫折，是認輸？逃走？或是自我欺騙不去面對？還是勇於面對現實？以什麼樣的態度面對痛苦的經驗或不幸，正是成就那個人。如何面對無法跨越的障礙、如何面對艱難挫折，將改變一個人。」

92 Boundary Situation，雅斯培認為人類面臨死亡、戰爭等等難以解決的人生障礙，而開始質問自身存在意義的瞬間，就是界限處境發生的時候。

「『如何面對挫折』，是什麼意思？」

「也就是說，妳是把挫折視作結果？還是過程？」

「結果還是過程？」

「當妳遇到挫折，當作結果來看待，或是當作過程來看待，意義會有所不同。比方，妳認為一個人想要成長，哪一種態度比較有效？」

「呃……是過程嗎？」

「是的。即使遇到挫折也不把挫折當作結果，而是視作成長的導火線。不把挫折視作失敗的事實，而是自己如何跨越？妳會覺得重要的是：把挫折當作什麼經驗。總結來說，挫折這個事實，並不是人生的轉捩點，如何面對挫折，這才是人生的轉捩點。」

「意思是，如何面對挫折，就是自己對於挫折抱持著什麼樣的態度，來決定下一步怎麼走才重要嗎？」

「是的，如何跨越？抱持什麼想法？如何貫徹執行？將成為當事人的人生樣態以及人生美學。」

「藉由跨越的方式，能夠更新人生觀的意思嗎？」

「嗯，說得更明白一點，假設有兩個遭遇相同痛苦經驗的人，一個是A，另一個是B。A對於當下發生的痛苦感到很挫折，於是在A的心裡，對於這個痛苦的經驗留下了『內心受挫』的印象。但是，B則堅強地面對挑戰，心想著有沒有解決的對策。於是兩人雖然面對同樣痛苦的經驗，但是B的內心則留下『堅強持續挑戰』的印象。」

「原來如此。面對的方式不同，結果也會改變。」

「是的。即使A和B遭受相同的痛苦經驗，仍有很大的差異，挫折不是結果，重要的是把挫折當作什麼體驗？採取什麼行動？」

「也就是說，不要把挫折當作結果而感到後悔，而是持續挑戰、跨越突破的過程，這樣挫折就有轉變成英勇事蹟的可能性？」

「是的。這就像『界限處境』，以及用自己的力量無法跨越一道牆的道理相同。眼前橫阻著一道無法跨越的牆，是選擇逃避？還是勇敢面對，全然不同。我認為挫折不是結束，而是一個契機。」

「這樣啊……挫折是一個契機？」

「是的，挫折並非結果，就某個意義而言是一個起點。也可以說，是妳測試處理挫折能力的起點。」

「原來如此。不是結果，而是起點？沒有相當堅強的意志，可能一站上起點，就已經氣餒了呢。」

「也就是『因為挫折而感到挫折』的情況吧？」雅士培說著伸了一下懶腰。

店裡湧進了參加完祇園祭的客人，笑聲不絕於耳。我問雅士培從剛剛開始我就一直很在意的問題。

「嗯，想請教一下，你剛剛說的『一個人會變成無』，是什麼意思？」

雅士培緩緩地放下伸懶腰的雙手。「哦，那句話啊。那是指人類單純地活著，也處在競爭及原罪當中。想要生活在更舒適的環境，就意謂著會招致踢開他人的狀況。人類之間的競爭不就是這麼一回事？不論運動、考試、工作，當妳得到第一名，就表示他人無法取得第一。即使沒有攻擊別人，人類的生存就建立在排擠他人的基礎上。」

「就像弱肉強食？」

「是的。人類無法獨自一人活下去，卻又有必須排擠他人而生存的矛盾。即使並非刻意排擠他人。雖然有人喜歡獨處，事實上人類必須與他人共存。正因為有他人，所以才能認識自我的存在。我認為與他人共存的世界中，不是僅僅為了自身的利益而競爭，應該注意與他人共存為前提，進行『**愛的奮鬥**』。」

「愛的奮鬥，聽起來好像法國電影。」

「哈哈哈，確實有幾分電影的味道。我所謂『愛的奮鬥』，和剛剛說的『哲學缺乏所有人公認的理論』，比方與他人交談，即使意見相同，也有意見相左的部分吧？即使堅信『我絕對沒有錯』，對他人而言，很可能是不正確而產生了衝突。但是，我認為遇到這樣的狀況，不是封閉在自己的世界，而必須透過『實存交流[93]』，不以批判對方為目的，而是以相互瞭解為目的。」

「實存交流？」

「就是發自內心與人往來。但是，我指的並不是單純地『和某個人發生關係』。與他人溝通並不是東家長西家短的那種閒聊。不妨想像，彼此推心置腹、敞開心懷的狀況。比方，交情一般般的朋友很沮喪，來找妳商量，總之妳先安撫朋友『不要緊，一定可以順利的』，大概就像這樣。」

---

93 原文為：existentielle Kommunikation。

「嗯，我就有過這樣的經驗。」這簡直就是我失戀時的想法。

「妳有過這樣的經驗？另一種是對妳而言無可取代的朋友，找妳商量苦惱。妳很認真地聽了對方說，雖然有點嚴厲，還是告訴朋友妳的真心話。」

「嗯，我曾找朋友商量苦惱，對方給我嚴厲的意見。對方給我的意見與其說是嚴厲，不如說很激烈，他告訴我：『要是沒辦法祝福對方，就詛咒他吧！』」我回想起一開始遇見尼采，在哲學之道上發生的事。

「是嗎？那真的是很好的朋友呢。能夠認真地跟對方說出真心話。我說的『實存交流』，就像是以這樣的態度保持的人際關係。」

「就是能夠確實說出心聲的對象嗎？」

「沒錯。當我們遇到界限處境，也就是撞上無可奈何的阻礙時，實存交流能夠讓我們從孤獨中得到拯救。當然，我們也必須以自己的力量去面對，擁有堅強的心固然重要，但是實存交流能讓人從孤獨獲得解脫。若是換個方式來說，聯繫人與人之間的，是愛。妳和尼采之間的關係是哪一種呢？是必須互相顧慮的朋友，還是能夠說出真心話的朋友呢？」

聽雅士培這麼一說，我不由得一愣。是的，就是那一天。當我的戀情破滅，看到尼采寫的，「不想祝福者，則當學習詛咒」，我就是這麼想的。要是能夠擁有這麼直言不諱的朋友，該有多好。不是做做表面樣子，而是就算有點嚴厲、也可以說出真心話的朋友。對現在的我而言，能說出真心話而無可取代的朋友是誰？無疑地就是尼采了。

「原來如此。謝謝你。近在眼前的事物反而看不清。能夠彼此推心置腹，確實是無可取代的人。」

「沒錯。『**愛是這個世界無聲的建設**』，在療癒彼此孤獨的同時，一點一滴的成長。相反的，憎恨則是傾向自我主義而使人沉淪。凡事只考慮到自己，雖然可以主張自我的權利，但是我們正值生存之際，能夠深刻打動內心的，不正是人與人之間實存交流而得到的嗎？何況，哲學還具有表達衝動的特質。哲學具有述說自我主張、渴望被傾聽的特性。這也就表示，經由實存交流，可以達成哲學的目標。」

「具有表達的衝動？」

「哲學原本就不是為人類帶來意義，而是讓人覺醒。『任何人都可以經由哲學，理解他原本就應該明白的道理。』哲學為人們帶來的並不是全然陌生的學問，而是對於原本就明白的事情，能夠深入解釋，『啊，原來是這麼回事！』從而讓人們幡然醒悟。因此，當透過自己的思考覺醒『原來如此』，也希望與別人分享，正是哲學的特質。然後，經由與他人深入對談而讓哲學成立。即使獨自探索出真理，也只是自以為是的見解，缺乏根據，或許是虛情假意的自我主張。這時，實存交流就變得很重要。以我的用詞來說，就是**『兩人以上才有真理可言』**。」

「兩人以上才有真理可言？」

「是的。雖然有時妳會覺得他人是個麻煩，或是在人際關係方面沒有愉快的經驗，因而容易覺得與人交往很麻煩，或者抗拒與人往來。但是，與他人之間的交流，才能出現真理。」

「原來如此，總覺得你的想法讓人很溫暖。」

「是嗎？謝謝妳。說到人際關係，我的學弟佛洛姆[94]醫師，是一個潛心研究精神分析的哲學家，他曾把**『人類最強烈的欲望，就是克服孤立，從孤獨的牢獄中脫身的欲求』**寫成《愛的藝術》一書。為了克服孤獨的欲求，畢竟還是需要實存交流。想一個人徹底克服孤獨，唯一的方法只有隔絕外界關在屋子裡，消除外界的人，幾乎到達讓孤獨感消失的程度。」

「這簡直就是……界限處境的感覺。」

「只要和別人相關，無法隨心所欲的狀況多得是。自己要求的距離感和對方要求的距離感產生差異時，就會覺得寂寞。相反的，有時也會覺得麻煩。不要以本位主義來思考，而是以共存為前提，開誠布公敞開心胸不是更重要嗎？這就是『愛的奮鬥』。究竟要把眼光放在拒絕他人而獨善其身，或者是和其他人探詢真理呢？」雅士培說到這裡，喝光剩下的啤酒，注視著我深深地頷首。

「確實如此，你剛剛說的這些話，非常新奇特別。和別人用真心話對待，非常辛苦，而且很多時候得不到回報。但是能夠和別人坦誠以對、心有靈犀的時候，那種喜悅無可取代，有那種再怎麼辛苦也想獲得的價值。我聽了剛剛你說的話，我覺得很感慨，我希望自己也能跨出一步。」

「妳是不是有妳很在意的人際關係呢？」

「嗯，我和家人之間的關係很淡薄。我和家人分開生活，過去我總覺得『反正他們

94 Erich Fromm（一九〇〇～一九八〇），美籍德國猶太人。

不瞭解我』，所以放棄溝通。我不怎麼關心父母，也覺得家人沒有凝聚力。所以我有點害怕跟家人敞開心，總覺得就算我主動示好也沒有用。但是，這正是獨善其身在作祟吧。不要放棄跟家人溝通，我應該試著跟他們說出真心話。」

「原來如此。和別人接觸，雖然很多時候無法隨心所欲，但是我認為能夠彼此心靈相通時，是身為人最大的幸福。妳能夠覺得這個想法很新鮮實在太好了。」

「嗯，我心裡冒出一些讓我覺得驚奇的想法。」

「真是太好了。那就是覺醒吧。」

「嗯，我現在的確有覺醒的感覺。」

「如同我剛剛說的，其實人原本就知道許多道理。讓人們對於這些原本就知道的道理茅塞頓開，就是**哲學**。所以……」雅士培看了依然熟睡中的尼采一眼。「他對妳說的也一樣。他做的可能只是讓妳原本就知道的想法覺醒。妳現在感受到的覺醒，以妳的方式去追究，之後再和尼采談一談，如何？或許應該說，不妨試著和尼采實存交流。這麼一來，我相信應該會更接近真理。」雅士培說完露出溫和的微笑。

「嗯。總覺得今天感受特別深刻。非常謝謝你。」

「不客氣。倒是尼采不要緊吧?差不多該叫他起來了?」

「說的也是。都一個小時了，現在叫他應該會醒吧?」我搖著尼采的肩膀叫他。

「尼采，差不多該起來了，我們要走了唷!」尼采懶洋洋地微微睜開眼，反覆地說著，「不用擔心，沒問題」、「我沒醉」，最後總算醒來了。

「這裡是哪裡?喔，這不是雅士培嗎?怎麼了?你們兩個偷偷幽會嗎?」

「你胡說什麼!因為你喝得爛醉，雅士培照顧你，把你帶到這裡，你不記得了?」

「喔。沿來有這麼回素。我全忘了。那麼，你們兩個縮完了?」尼采可能還沒完全清醒，說話時口齒有點不清。

「是的，說了很多唷。亞里莎很不錯嘛，思考事情很仔細。不愧是尼采的徒弟。」

「她不是我徒弟。雖然我教她許多成為超人的思考，但是也差不多到了我該離開的時候了。」尼采出其不意地說出讓我意外的一句話。

我不由得盯著尼采。「咦?你說什麼?」

「啊，我還沒跟妳說嗎?我差不多該離開了，時候到了。」

「你是認真的嗎?」我覺得身體瞬間掠過一陣寒意。

尼采不會再出現我身邊?雖然我明白這一天遲早會到來。但是，聽到尼采親口這麼說，才知道我根本完全沒做好心理準備。

尼采一如往常以食指繞著瀏海，緩緩地開口說：「不過，倒也不是立刻就走。我會在大文字送火[95]的祭典那天，才離開。」

「離大文字送火祭典不到一個月？為什麼？為什麼你要離開？」

「我不是跟妳說過，我有限定時間嗎？妳應該知道，大文字送火是為現代世界的靈魂送行吧？所以，我會在那一天離開。我不會再以現在的模樣出現在妳面前了。」

「這麼突然……那麼，其他人呢？齊克果、海德格……還有雅士培！大家都會離開嗎？」我看著尼采和雅士培。

雅士培毫無動搖的模樣，依然帶著微笑，默默地看著尼采。店裡仍然播放著熟悉的西洋流行音樂。

尼采放開繞著頭髮的手指說：「他們也一樣，送火日之後就會消失了。這件事他們也很清楚。在現代世界漂泊的靈魂，送火日要回到那邊的世界，這也是無可奈何的事。不過，說是消失，並不是連實體都消滅了。舉例來說，齊克果的模樣雖然仍然留在世上，但已不再是妳所知道的齊克果，而完全以他人的形式留存。」

「也就是說，外表雖然還是尼采，但是完全不認識我，變成了陌生人？」

「大概就這麼回事吧。」
「怎麼這樣……難道不能再考慮一下，一直待在這裡嗎？」
「不可能。反正還有一個月，不需要這麼沮喪。」
「但是……你不是說，沒辦法再見面了嗎？不是去別的地方，而是消失了。再也沒辦法碰面了，不是嗎……」
「未來雖然無法預料，但是妳要有心理準備，我們無法再碰面了。」尼采說完拿起桌上的水杯一口氣喝光，然後站起來說：「走吧！」
我也跟著站了起來，但是腦袋卻一片混亂。
雅士培也站起來，體貼地對我說：「亞里莎，這樣的時刻，更不能停下腳步。」
但是我仍然無法接受尼采說的話。
尼采將會消失。理所當然存在的人卻理所當然消失的經驗，對我來說，雖然不是第一次了，但是這是為什麼呢？我的腦袋裡無法釐清的情緒，緊緊地糾結著我的心。

95 京都每年八月十六日在環繞京都盆地的五座山上，舉行點火、描繪出巨大文字的活動，用來引導死者亡靈，讓亡靈能夠順利回到他界。

“愛，是這個世界無聲的建設。”

——雅士培

12／命運如同重洗一付撲克牌，我們必須一決勝負

我從讀小學時開始，就覺得很不可思議。夏天的時間似乎過得特別快，也許是因為我們感受到的夏天，是從七月的梅雨季結束之後、到整個八月，這段短暫期間的緣故吧。又或者是因為在晴朗的天空下，太投入於每天的生活？夏天是晴朗無雲的，每天過著開朗而多姿多彩的日子，因此更覺得瞬間一天就消逝了，也更突顯出夏天的魅力。

我一面這麼想著，一面用力踩著踏腳車，沿著鴨川騎車感受涼風吹拂。夏天的時間轉眼溜走，自從祇園祭那天，聽尼采說他將會消失開始，我的內心便一直不安著，轉眼間，一個月的時光已匆匆流逝了。

雖然是盂蘭盆節，街上所見之處都在慌亂地準備大文字山的送火。往年的盂蘭盆節我都會回家，但是前幾天，我打電話回家告訴媽媽：「今年盂蘭盆節我沒有辦法回去了，我要等盂蘭盆節過後，才能回家。」

媽媽問我：「怎麼了？」如果是往常，我大概會以「因為課業很忙」敷衍了事，但是這次我很坦白地告訴媽媽：「有一個很關照我的朋友，因為盂蘭盆節後就要去很遠的地方了，所以想幫他餞別。」

沒想到媽媽很溫柔地安慰我：「既然是妳重要的朋友，好好地幫他送別吧，之後再回家就好了。」

媽媽說的話，讓我覺得既開心又有點難為情。以往不曾有過的溫暖情緒在我的心裡流動著，這也是一種實存交流吧？

我邊騎著腳踏車邊眺望著一旁的店面，插著冰旗的冰桶裡，有保特瓶裝的茶、酒；大型的桶子裡，排著一條條冰鎮地涼透透的小黃瓜。

連街上的風景，都染上了大文字送火的祭典色彩。但我的腦袋裡，只有尼采將要消失不見的悲傷。自從尼采跟我說他將離開的那一天起，每次和尼采去市區閒逛、吃飯，或是在觀光區、寺院散步閒聊之際，我總會試著說服他，「還是希望你重新考慮一下，再多留一陣子，我還有好多事情想問你。」但是，尼采的回答依然不變。

我無法想像從明天開始尼采就不在的日子，但是要與尼采分開的今天，就這麼到來了。我踩著腳踏車，腦子裡一再想著同樣的事情，突然間，對面一個熟悉的身影映入我的眼簾。巨大的禮帽，包裹一身漆黑的長外套，我不由得踩住剎車停了下來。

「齊克果先生？」

「啊，嚇我一跳。我還以為是誰。原來是妳！God dag，亞里莎小姐！」不知道齊克果是不是有點中暑，他的眼神有點恍惚，身體搖擺有些站不太穩。

「怎麼了？你看起來不太妙耶，還好嗎？」

「啊，不要緊。只是有點熱，稍微有點噁心。」

「哪裡不要緊了？喝點運動飲料什麼的比較好唷。」

「是嗎？可是我只打算散個步，身上什麼都沒帶。」齊克果說完打算繼續往前走，卻突然膝蓋一跪，差點摔倒。

「不要緊吧？我到對面的便利商店買飲料回來，你到那裡的椅子坐著等我，不要坐在樹蔭外喔！還有，帽子和外套脫下來會涼快一點。」

我停下腳踏車，走到前面的便利商店買了運動飲料，然後跑回齊克果坐著休息的椅子旁。「來，先把這個喝了，還有外套跟帽子趕快脫下來。」

「謝謝妳。我先喝飲料。還有，帽子和外套是怕曬傷才穿的。」

「現在不是怕曬傷的時候，總之先脫掉。」我強硬地說著，齊克果老大不情願地摘下帽子，脫下的外套像披風般披在肩上。

果然是在意會曬傷的人，披著的外套底下的是他雪白的膚色。

「這樣大熱天，你穿成這個樣子是在做什麼？」

「我想，沒有偶爾曬曬太陽對身體也不好，所以出來稍微散散步。」

「你這個根本不是稍微散散步的打扮吧？」

「嗯，我判斷錯誤了……」齊克果說著咕嘟咕嘟地喝著我買給他的運動飲料。

我們坐在鴨川沿岸的椅子上，凝望著悠悠飄過的雲朵及潺潺流去的鴨川。有別於海潮的氣味，吹來的風帶著苔蘚的氣息。

「問你一件事。」

「怎麼了？」

「齊克果先生也會和尼采一樣消失嗎？」

「哦，尼采已經告訴妳了？」

「嗯。他大約一個月前跟我說的。他說送火日就會消失，也就是今天。」

「沒錯。齊克果會消失。我現在這個外型的人還會留在世上，但不再是齊克果。即使哪一天像今天這樣在路上偶然遇到，也不再是亞里莎小姐認識的我，我也不認識妳，只是單純以這個外型的他人存在著。」

「嗯，尼采也是這麼說。總覺得好寂寞，沒有真實感……」

「嗯，因為妳和尼采是很好的朋友……」

我們凝視著鴨川繼續聊著。

我想起倫理學課時，老師曾講過日本詩人鴨長明所寫的，「江河流水，滔滔不絕，唯後浪已不復為前浪」，和某個哲學家的想法很接近。雖然我忘了那是哪個哲學家說的話，但是時間一分一秒的流逝，不可能再度過相同的時間，這句話的意義仍然銘刻在我的心上。

「齊克果先生……」

「什麼事？」

「謝謝你之前告訴我那些道理。如果光靠我自己，一定想不出來，謝謝你。」

「不，我什麼都沒做，理解還是得靠著妳自己。」

「靠自己……」

「是的，不論是理解人生經驗，或是活出自己的人生，都得靠妳自己。我這麼說，或許會讓妳覺得很寂寞。不過，也可以說正因為孤獨，所以才有個人？我認為孤獨雖然伴隨著寂寞，但也是人類需要的。享受孤獨、熱愛孤獨，能夠直接找到自我。啊！我覺得我說得真好！我要發一下推特，妳等我一下！」齊克果說著，從口袋拿出手機，打開推特。

雖然不知道他是天真？還是打算鼓勵我？稍微休息了一下，齊克果的身體狀況似乎比剛剛好多了。

「嗯，孤獨也是要活下去的一個重要因素。謝謝你。對了，今天我要和尼采一起去吉田山看送火，你要一起去嗎？」

「好啊，幾點開始呢？」

「晚上八點開始點火，在吉田山上叔本華的店，那裡是一家古典咖啡廳，你知道地點嗎？」

「謝謝妳的邀請。我等一下再查詢地點，我去沒關係吧？」

「嗯，請你一起過來。我差不多要回去了，你也要保重身體喔！」

「好的。」齊克果以丹麥文說了待會兒見。

「晚上見！」我回答後再次騎上腳踏車。豔陽毫不留情地照耀著，簡直像宣稱夏天永遠不會結束那般，強勁灼熱的暑氣從柏油路面冉冉上升，加速了夏天午后的悶熱。

時鐘剛過夜晚七點，我在出町柳站等著尼采。我們約好和巧遇華格納那天一樣，從出町柳車站一起前往叔本華的店。

比約定時間晚了十分鐘左右，尼采姍姍來遲。「妳已經到了啊，還真早呢。」

「已經七點十分了，是你遲到了耶。」

尼采聽我這麼說，手指繞著頭髮一副很意外地表情說：「是嗎？」然後便邁開大步，「那麼，快點走吧！」我隨即跟隨在尼采一旁。

「尼采，現在回想起來有些懷念呢。遇見華格納的時候也是。」

「那傢伙就算很久沒見面，看到他還是覺得討厭。」

雖然今天過後就要分開了，尼采並沒有特別多愁善感，還是一如往常。我突然心想，尼采可能不覺得寂寞吧。或許尼采不像我這樣，為了離別而感到難過。是因為他就如同他說過的超人那樣，將這個離別視作「這原本就是自己要的」，而坦然接受？還是他已經習慣了分別？尼采看起來一如往常。

情侶穿著浴衣在街上看著送火、以及結伴而來的家庭，散布在各個能夠清楚看見大文字山的位置。距離點火還有一點時間。

穿過巨大的鳥居，走上山路，一到叔本華的店，店的周圍也看得見稀稀疏疏在等待點火儀式的人們。

叔本華的店門口貼著大大的、用毛筆字寫著「臨時休息」的紙張。尼采毫不在意地說：「不用管這個，他一定在裡面。」便打開了門。

一進店裡，果然如尼采說的，叔本華正坐在沙發上休息。

「呿，是你啊。今天臨時休息。」叔本華一站起來，瞪著我們咂了一聲。

「好啦好啦，我知道你是討厭陌生客人太吵鬧，就讓我們打擾一下吧！」尼采說著大搖大擺地走進店裡。

叔本華粗魯地嘟囔著，「九點我就關門哪。」接著就坐回沙發。

我和尼采也在沙發上坐了下來。

隔了一會兒，有人打開店門，大家往門口方向一看，齊克果正戰戰兢兢地打開門，探視著店裡。「啊，我剛剛有點迷路了，各位，God dag。」

「你來了。這邊坐。」

「謝謝。叔本華先生，打擾了。」齊克果脫下帽子移至胸前，向叔本華敬了個禮，然後在我們附近的沙發坐下來。

「現在是七點五十五分嗎？差不多要點火了吧？」

「嗯，過八點才會點火吧。」

我看著尼采、齊克果和叔本華聚在一起的景象，希望能牢牢記住殘留時光的這一刻。明天起就是陌生人了，教會我生存意義的他們，我在心裡銘記著他們的臉龐，等著點火的瞬間。

過了八點左右，完全日落的窗外遠處，朦朧可見大文字山亮起一點紅通通的火光。在火光出現的同時，聽得見從外面傳來「哇！」地驚嘆聲。原本一點的火光，由點連綿成線，再逐漸地擴展開來，最後火光完成鮮明巨型的「大」字。

在火光搖晃中，燃燒的氣勢增強，一點一點的火光宛如擁有生命的物體，各自朝天空伸展而去。這和人工照明的燈光景象完全不同，明亮的火光帶著憂傷，我們各自凝視著讓人不斷發出嘆息的美景。

「太美了……」齊克果彷彿內心的讚嘆聲不小心洩露般地低語著。

「嗯，好漂亮。」

「的確，別有一番風情呢。」

「……崇高的景致。」

我們從各自的視野觀看著送火。

我們每個人的眼中所映現的送火景象，應該各自不同吧？但是，我們都能共同感受到眼前這個相同的事物，彼此都為了美麗而感動的心情，就像在心上淋了暖暖的油，滲透內心的溫暖擴散開來，就跟媽媽跟我說了關懷的話語一樣。雖然我不明白為什麼，但是和別人心靈相通，為什麼內心會如此溫暖呢？

或許我比自己想像中，對於自己及世上的其他人更一無所知。即使以為理所當然的事，仔細思考，就浮現出找不到解答、懷疑究竟為什麼會這樣的疑問。不論是這個世界、活著這件事，或是被生下來這件事，充滿在這個不可思議的世界。自己所剩的時間或許還有數十年，在剩餘的時間中，我將成為什麼樣的人、過著什麼樣的人生，一切都還未定。此時此刻，我總是站在起跑點上。

「各位……再次謝謝大家這段時間的照顧。」我向三個人表達謝意。

「你們教我的，讓我由衷地想要認真面對自己的人生。或許我會像叔本華先生這樣，認為人生是一連串的苦惱；或是像齊克果，認為人應該追求美德而活著；又或是像尼采，接納許多事物的無價值，堅強地活下去，或許也有可能和你們三位有著完全不同的想法……我開始想要認真思考，自己的人生究竟是什麼？而會有這樣的想法，都是你們告訴我的道理。謝謝這些日子以來的關照。」

他們三人面面相覷，似乎很驚訝的樣子。

「這不是什麼大不了的事啊！但是我會祝福妳的人生從此順遂。『**幸福的門是向外推開，硬闖是無法打開的**。』一個人只要有著『我很幸福』的根據，就能夠幸福。『幸福的根據』不在外部，出乎意料地是在妳的內在唷。要好好地活下去喔。」齊克果帶著幾分靦腆地說。

「沒錯，亞里莎，如果要以超人為目標，不論怎麼悲傷、苦惱，都要接納。」尼采還是一如往常瀟灑地說道。

「記住撲克牌……」叔本華以嚴肅的口吻，一字一字地說道。

「撲克牌？」

「是的，『**命運就如同重洗一付撲克牌，而我們必須一決勝負。**』人，並非生而平等。出生的環境、才能、相貌，因人而異。如果把這些視作命運，那麼命運，也就是妳手上的撲克牌，雖然手上的牌不變，但是採取什麼對策來一決勝負，全憑個人。不要悲嘆命運，而是思考獲勝的方法。」

「不要悲嘆命運，而是思考獲勝的方法……我會採取這樣的態度。謝謝您。」

「呵呵，叔本華先生說得真好。」

「沒錯。不愧是他會說出的話，帶有幾分嚴厲。哈哈哈。」

遠方點著的送火，火焰逐漸減弱光芒，送火的點火時間即將結束。原本連成一線的「大」字，再度恢復成點狀，我們凝視著送火儀式結束。

「真美。『大』字又再度回到一點一點的狀態。亞里莎小姐，那個大的美景，是點燃火把連成的嗎？」

「嗯，好像是。據說把燃燒的炭撿回去，可以保佑一年無病無災，所以明天有很多人會去大文字山撿炭。」

「這樣啊，明天嗎……」齊克果說著，凝望著送火消失的光景，沉默不語。

恐怕大家所想的都是同一件事吧？我們凝望著送火消失的情景，委身於一片寂靜，看著一點一點分布的火光，漸次一一地消失。

「那麼，多謝各位，我差不多該告辭了。」齊克果再次戴上帽子，欠身鞠了個躬。

「我也差不多該關店了。」

「啊，真是別有風情。那麼，我們也走吧！」

我們決定離開叔本華的店。一走出店門，齊克果在離去之際，分別給每個人擁抱，以丹麥文道別，「各位，Favel！」叔本華只簡短地說了聲「再會」，便離開。

離別的時刻終於來臨。

「尼采，真的要分別了呢……我到現在還難以置信。」

「是嗎？我要往哲學之道的方向回去。」

「哲學之道？好懷念喔，我們第一次碰面就是在那裡。」

「的確。那時櫻花正好快凋謝了。」

「我可以和你一起走到哲學之道嗎？」

「嗯，可以啊。」

「那麼，我就送你到哲學之道唷。」

我們走下陰暗的山路，往大文字山腳下的哲學之道走過去。四周傳來蟬和鈴蟲交雜在一起的鳴叫聲。

「亞里莎，走向超人的道路上荊棘叢生，雖然我嘗試在短時間內鍛鍊妳成為超人，但是妳現在對於超人的接受狀況如何呢？」

「嗯，我雖然能夠瞭解你告訴我的種種道理，但是還是沒有辦法很自信滿滿地說，我就是超人！看來可能要當作一生的目標。」

「也許是我給了妳這個契機，但是要成為超人，就要超越別人教妳的，走出自己的道路才行。甚至必須推翻我的思考才能有所成長。」

「推翻你的思考？」

「是的，不是詢問別人的道路、跟隨別人的道路，而是探尋自己的道路。世界上沒有任何一條道路適用於所有人。我有我的道；妳有妳的道。當妳走在自己的道路上，不論遇到什麼痛苦，或者這些痛苦重返了多少次，妳都不嫉妒他人，而能創造出新的價值觀，突破挫折而活下去，才是超人。」

「原來如此，走在自己的道路上，並且不斷跨越突破？」

「如果只是把別人教妳的照單全收，無法開拓出自己的道路。妳必須對別人告訴妳的抱持著懷疑的精神，並且不斷地超越前進。即使我教了妳什麼，妳也不該以我為目標，而是以還未看見的自我為目標，這才是走出自己的道路。」

「我要超越尼采的想法，應該要花很長的一段時間吧？」

「也是啦，要是被妳輕易就超過了，我也不太好受呢。」

「呵呵，那當然，因為你是經過長久時間思考出來的呀。」

「記住，『**妳走上妳的偉大之路，妳已無退路，只能義無反顧勇往直前，現在這條路必定是妳最大勇氣之寄託**[96]。』換句話說，妳永遠站在起跑點上，妳的背後一無有。妳

---

96 出自《查拉圖斯特拉如是說》卷三〈流浪者〉。

必須拿出勇氣及決心，面對已無退路，無法重返過去的事實，正視著前方，往前行。」

「無論在任何時刻，人都是站在出發點上？說的也是，明明站在起跑點，卻裹足不前是不行的呢。」

「沒錯，就像我之前告訴過妳的，不要跟自己妥協，活出妳想再過一次、原封不動、沒有任何一秒感到不滿的人生。知道嗎？還有一點……」尼采如同往常以食指繞著瀏海。

「怎麼說呢？……有時候遺忘反而會帶來幸福。」

「咦？那是現在應該說的話嗎？這……這絕對不可能！這一點我絕對肯定！我絕對不會忘記的！」

我的喉嚨深處彷彿卡了一顆小石頭那樣的異樣感，眼眶灼熱感傳遍了全身，為了忍住即將流下的淚水，我抬頭仰望著夜空。星星的光芒，宛如在水中盪漾搖晃著。

「要是能再見面就好了。」

「說得也是。要是彼此的道路交會時，也許哪一天就能再碰面。」

「嗯，要是能夠交會就太好了。」

「對了，亞里莎還記得在斷緣神社許願的事嗎？」

「記得。現在回想起來格外懷念呢。」
「當時，妳不是說希望能夠遇見一個『嶄新的自己』嗎？」
「嶄新的自己？」
「對啊，斷惡緣、結良緣。轉換心情，成為一個嶄新的自己！妳不是為了這件事而去那間神社？」
「你這麼一提，的確有這麼一回事。」
「妳知道什麼是哲學，真誠地面對自己的人生，就是脫胎換骨成為嶄新的自己了。因為，『無法蛻皮的蛇，只有死路一條[97]。』妳不需要恐懼變化，只要有信心走向自己的道路即可。」
尼采的口氣肯定、擲地有聲。我眼裡噙著淚水，告訴尼采這些時日的心情。
「尼采，當時我去神社許願，其實我還有一個願望。」
「是嗎？什麼願望？」

97 出自《曙光》後面的文句是：「人類也是如此。若老是披著陳腐思想的皮，內心也會逐漸腐敗，無法成長，步入死亡之途。」

「我希望能有一個可以說真心話的朋友。」

「是嗎？」

「嗯。所以，要是有朝一日能夠再見面，希望你能夠以朋友的身分來找我。」

尼采微微地點頭，朝我伸出右手。我雙手緊緊握住尼采的右手。走上眼前的坡道之後，就是哲學之道了。

「那麼，上了這個坡道之後，我要往右邊，妳呢？」尼采凝視著我問道。

「我要往左。雖然和尼采走同一條路，但是方向相反。」

「那麼我們就各走各的。看樣子沒有地圖指標，妳要走的路，只能靠妳自己找。」

「嗯，謝謝。」

我們上了坡道，尼采往右，我則往左走，各自朝著自己的方向走在哲學之道上。路燈朦朧的光線灑落在哲學之道上，微暖的夜風強勁地吹著雲層。我回想著和尼采初次碰面的晚上，淚眼仰望著夜空，一步一步地踩著碎石子路回家。

第一次遇見尼采的那天，我也是像現在這樣走在同一條路上，然而，和當時的我已經截然不同，不論是晚風的溫度、對尼采的想法，還是對我自己。

我的心中反覆想著尼采某天曾對我說過的話：「想要戰勝的道路及方法多不勝數，但是只能靠你自己去發現才行。」

未來，還未成定論。

人生中不論悲傷幾度來臨，都必須接受，之後超越。要能發自內心這麼想，或許還要花很多的時間，但是為了能夠活出、甚至希望重來一次的精彩人生，為了坦誠面對人生，不讓悲傷就那麼以悲傷結束，我希望能跨越悲傷活下去。人生的意義，只能自己去尋找。我永遠都站在起跑線上。現在如此，將來也是。

我昂首挺胸走在哲學之道上，在心中暗暗地發誓：要是有一天，再遇見尼采，我能夠笑著對他訴說今天的種種。

終章

END GAME

暑假結束前一星期。

「媽，還有一個小時，我們進去裡面坐坐吧！」

我指著機場出境大廳的咖啡館對母親說。父親搭乘的飛機還有一個鐘頭才會抵達，時間還相當充裕。

店內坐著許多拉著大行李箱的旅客以及等著接送的人們，交雜著日文、中文、英文等等，各國語言的談話聲，光是聚集各種不同國籍的身影，就給人一種時尚感，實在很不可思議。速食櫃檯前站著打扮繽紛時尚的外國觀光客隊伍，我們跟著排隊等候點餐。

「這樣吧，我來點餐，妳去找座位。妳想喝什麼呢？」母親說著望向擠滿客人的店內。

「我要可可……啊，還是抹茶拿鐵好了！」

「我知道了，抹茶拿鐵對吧。」

請母親代為點餐之後，我在店裡一角的空位坐了下來。和尼采分別三天後，我回到好久沒回去的家，我向母親一五一十地說出自己的心情。

其實我和母親沒有發生什麼重大的問題，也許是因為我讀高中之後就離開父母身邊，因為環境狀況改變的關係，但並不是距離造成問題。問題在於，我們刻意避免瞭解彼此。我不敢對於所謂的家人懷抱期待。要是家人無法完全接受我的煩惱，要是我的寂寞家人無法為我排解，我坦白說出自己的心情，只會受傷。因為這樣的想法，我避免將我的心情告訴家人。

但是，這些都說出來之後，我才知道原來母親也是一樣的心情。對於相隔兩地的女兒，母親心裡想著女兒刻意和自己保持距離，表達心情的機會卻愈來愈少。我和母親談過之後，才瞭解他們在父母身分的角色之外，身為一個人的事實。他們各自有著自己的人生。

我們一家人住的地方都不同。父親在越南，母親在娘家，也就是我外婆家，哥哥在東京，而我一個人住在京都市區，客觀的距離是分開的。每個人都有各自的生活住所，或許這是特殊的家庭模式，但是，既然各自有各自的人生，採取什麼樣的生活方式，每個人都有自己的考量，有時是無可奈何的。

然而，我們並不能拿距離當作無可奈何、彼此不接近的理由。每個人都必須活出自己的人生，所有人都必須面對死亡，是獨一無二的存在。正因為背負著如此孤獨的存在。所以互相靠近，撫慰彼此的孤獨就更加重要了。

「亞里莎，妳的抹茶拿鐵。」兩手拿著飲料的母親遞給我杯子，然後在我對面的椅子坐了下來。

「謝謝。對了，我要送妳禮物。今天是妳生日對吧。」我拿出外盒包覆著一層美麗的奶油色包裝紙的禮物交給母親。

「咦？妳還特地買了禮物！謝謝妳！可以現在打開嗎？」母親可能真的很驚訝，還是太感動的關係，像個小孩似地睜大了眼睛。

「嗯，先跟妳說，是一條口紅。我不知道妳喜歡什麼顏色，所以請店員給我意見之後挑的。」

「妳記得我生日實在太開心了，謝謝。」母親開心地看著禮物道謝。

「其實還有一個……這也是送妳的。」我從皮包裡拿出塑膠袋，遞給母親。

「這本書希望妳讀完之後，能跟我說妳的感想，雖然我只讀了一半。我希望爸爸也能看看這本書，所以也買了一本給爸爸。」

「這是什麼書？」

「妳知道尼采吧?這本書是這位哲學家所寫的作品,叫《查拉圖斯特拉如是說》,非常棒的作品。」

「什麼?哲學?我們才一段時間沒見面,妳竟然開始讀這麼艱澀的書。」

「媽,妳這就錯了。哲學並不難。哲學是一門針對已經知道的事實,讓自己覺醒的學問。」

聽到我這麼自信地說,母親一臉不可思議地看著我。

父親抵達之前,還有一點時間。

我一面品嚐交織著甜味與苦味的抹茶拿鐵,一面以食指捲著瀏海想著,有朝一日,再遇見尼采的話,我要跟他說什麼才好呢?

亞里莎和尼采的足跡

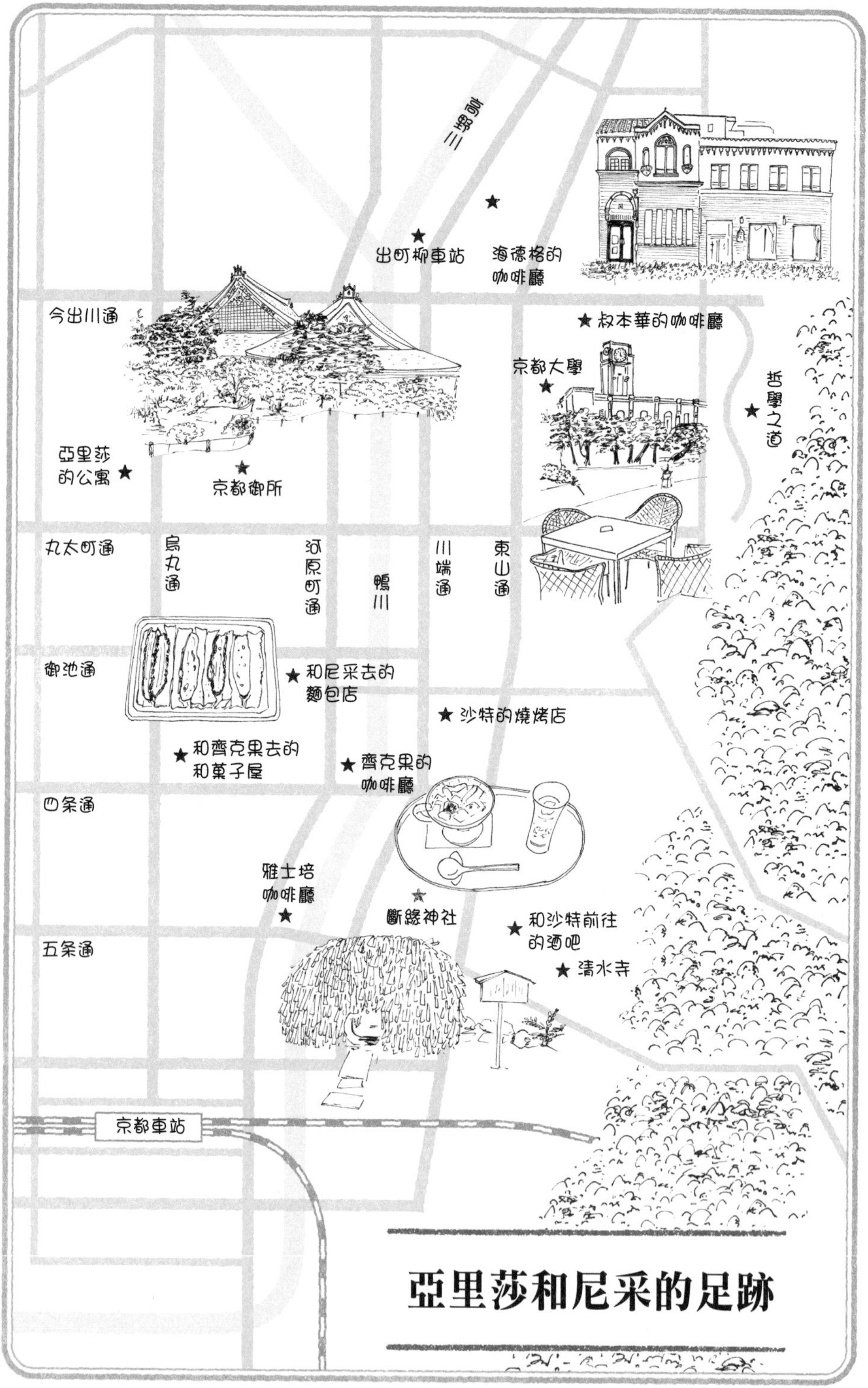
高野川
出町柳車站
海德格的
咖啡廳
今出川通
叔本華的咖啡廳
京都大學
哲學之道
亞里莎
的公寓
京都御所
丸太町通
烏丸通
河原町通
鴨川
川端通
東山通
御池通
和尼采去的
麵包店
沙特的燒烤店
和齊克果去的
和菓子屋
齊克果的
咖啡廳
四条通
雅士培
咖啡廳
斷緣神社
和沙特前往
的酒吧
清水寺
五条通
京都車站

單純而個性強硬的偶像破壞者

弗里德里希・尼采

1844年～1900年

生於十九世紀的德國哲學家。雖然尼采父親是牧師，出生於富裕的家庭，但是父親在他年幼之際便已離開人世。在母親、妹妹、祖母、伯母等女性環繞的家庭下成長。尼采年紀輕輕已成為大學教授，但晚年則出現精神異常言行。主張人們不要扼殺欲望，應該積極地活下去。

代表作

《查拉圖斯特拉如是說》、《反基督》、《人性太人性的》等。

書中現代世界的身分

手機遊戲的開發者。一百七十公分、五十五公斤。最愛可可和抹茶。有時講話太過直率、不夠體貼。陷入思考時，習慣用食指捲著瀏海。

◎哲學家名言

「不想祝福者，則當學習詛咒。」→P.037

不需要因為無法祝福他人而覺得可恥、自我否定。不要受到道德觀念的束縛，活出自我，這句話是尼采所謂的「正向教誨」。

「任何習慣都會讓我們的雙手伶俐，而頭腦笨拙。」→P.029

習慣性地配合他人，自主思考能力會因此逐漸而衰退。

「接納永劫回歸。」→P.057

就算痛苦、嚴苛的遭遇，一再發生，都要以「這原本就是我想要的」去接納它。不要被「後悔，想當初應該就不要這麼做」的想法所束縛。

「將人生置於險境！」→P.072

不要在意別人眼光而活得戰戰兢兢，任何事情都勇於挑戰，掌握住克服難關的喜悅。

「一味對自己姑息縱容，終將因此而罹患惡疾。歌頌讓人堅強的一切吧！」→P.102

太過姑息自己，會讓自己變得更脆弱，將這個道理銘記在心，欣然接受嚴苛的考驗。

「戰勝克服之道和方法無窮無盡，但是只能靠自己去尋找。」→P.104

任何人都無法逃避自己，只能靠自己的力量超越自我。

「即使重生，我還是願意做自己，願意重複一模一樣的人生。」→P.068

熱愛自己的命運、人生，即使重生，再次過一次一模一樣的人生，也心甘情願。若是能抱持著這樣的態度，就能活出豐富的人生。

「超人。」→P.068

接納永劫回歸、創造嶄新的價值、成為超越人類的存在。只要以成為超人為目標，就能接受任何痛苦及苦惱。承受人生種種無價值的事物，堅強地活下去。因此重要的是超越別人教你的事，去探索自己的道路。

「愉快的意見常被誤以為真。」→P.098

人們常誤以為對自己而言愉快、方便的意見，就是正確無誤的。有時，人們呼籲的所謂的正確看法，其實是某些人便宜行事的意見。

「你走上你的偉大之路，你已無退路，只能義無反顧勇往直前，現在這條路必定是你最大勇氣之寄託。」→P.309

人們隨時站在出發點上，而身後毫無退路。把無法再回到過去只能轉變成勇氣與覺悟，看著前方勇往直前。

熱愛憂愁的浪漫主義者

索倫・齊克果

1813年～1855年

丹麥哲學家、作家。在富裕家庭下成長的大少爺。是存在主義的先驅，一位追求美感生存方式的浪漫主義者。喜歡美麗的事物及憂愁。不僅哲學，連神學也熱心研究。主張對我為真的真相最重要、抱持著美學而活下去的態度。

代表作

《致死之病》、《非此即彼》、《憂懼的概念》等。

書中現代世界的身分

高貴孤傲的最受歡迎讀者模特兒。一百八十一公分、六十二公斤。穿著獨特的、全黑打扮，散發出神祕氣息的美男子。情感起伏激烈，興趣是蒐集美麗事物的照片。

◎哲學家名言

「主觀真理與客觀真理」**→P.117、P.119**

所謂主觀真理，就是對個人而言的真相；客觀真理就是一般的真相。但是人們容易在不知不覺中，人云亦云地接受客觀真理。

「水平化時代」→P.121

不追求自我內心的意見，隨波逐流地附和公眾認為正確的意見。因此，其中沒有感動，也缺乏個性。

「毫無激情地活著，自己的世界將會受到嫉妒支配。」→P.122

拒絕在人生中燃燒熱情，拒絕以個性化、主觀性活下去，終將只會把時間浪費在嫉妒他人的人生。

「青年對希望抱持幻影；老人對回憶抱持幻影。」→P.122

青年對於希望懷著憧憬；變成老人之後，則對過去的情景及回憶抱著憧憬。

「自由的暈眩。」→P.131

所謂自由，意謂著可能性，所謂可能性就是，還未到訪的未來。雖然人們可能會認為，具有可能性的選項很多是一件好事，但是做出選擇，也正意謂著捨棄了其他各種可能性。因為自己的行動而造成人生產生變化的不安。

「不自覺的絕望」→P.138

如果對處於絕望有自覺還好，但是人們往往沒有察覺自己正處於絕望。沒有自覺的絕望最為惡質。當絕望的狀況惡化時，遲早會迷失自我。

「即使征服了全世界，卻喪失了自我，也毫無意義。」→P.139

沒有必要欣羨別人，也沒有必要成為一個別人眼中看起來幸福的人。重要的是，誠實地面對自己的人生。

「生命只能從回顧中領悟，但必須在前瞻中展開。」→P.140

人生只能藉由回顧過去而理解，但是只能向著未來前進，而無法重返過去。

「幸福的門是向外推開，硬闖是無法打開的。」→P.305

人感到幸福是有根據的，幸福並非只能外求。

嚴厲而禁欲的悲觀主義者

亞瑟・叔本華

1788年～1860年

德國哲學家。悲觀主義代表。尼采及華格納都很崇拜他。喜愛羅西尼的樂曲，音樂造詣極深。主張人生就如同在苦惱與無聊中擺盪，認為感性才是最重要的。

代表作

《意志與表象的世界》、《論自殺》、《論生存與痛苦》等。

書中現代世界的身分

古典咖啡館的老闆。一百六十九公分、六十四公斤。討厭女性、個性冷淡。在山上蓋了別有韻味的咖啡館，讓自己置身於遠離塵囂的環境。

◎哲學家名言

「人生有如鐘擺，在痛苦與倦怠之間擺動。」**→P.156**

達成目標或是渴望的事物到手，結果仍無法滿足，過沒多久便再度渴求其他事物，形成欲望→苦惱→無聊的循環。

「財富好比海水，你喝得愈多，愈是口渴。」→P.156

人不應該一心追求欲望、滿足欲望，因為欲望愈多、心靈愈枯竭。

「健康的乞丐比病篤的國王更幸福」→P.163

與其追求財富或名聲，依循他人的價值觀而活，磨練自己內在的感性，能夠更有效率地找到幸福。

「精神上的貧乏，將吸引表象的貧乏。」→P.164

依賴外在事物填補內在空虛的結果，將使得一切變得貧乏而破爛不堪。維持自我健全的內在，才是最重要的。

「虛榮使人健談，驕傲卻讓人沉默。」→P.165

缺乏自信及內心餘裕的人拚命為自己粉飾，高談濶論自身的豐功偉業。具有堅定自信的人，才能冷靜判斷，不受他人目光及意見左右。

「命運如同重洗一付撲克牌，而我們必須一決勝負。」→P.306

人並非生而平等。如果是命運的話，出生環境、才能，手上的這些牌不會改變。然而，如何擬定策略思考戰勝的方法，則操之在己。

態度強勢的無賴派哲學家

尚—保羅・沙特

1905年～1980年

法國哲學家。帶給後期存在主義很大的影響。他的小說《嘔吐》獲得諾貝爾文學獎，但是他卻拒絕接受。他酷愛女色，一生之中，除了西蒙波娃這位沒有結縭的伴侶，更是交往過無數女性。

代表作

《存在與虛無》、《自由之路》、《嘔吐》等。

書中現代世界的身分

地方雜誌的總編以及少女酒吧老闆等等，涉足範圍廣大的企業家。一百七十六公分、六十八公斤。愛車是漆黑的凌志轎車。重度的老菸槍。

◎哲學家名言

「存在先於本質。」→P.187

存在的理由才是本質，而顯現的姿態、外形，則是存在。人類的存在，並不需要存在的理由。即使沒有任何理由，人類仍然存在。

「投設。」→P.198

針對未來的可能性，建構自己的思想。人除了自我塑造之外，一無所有。只擁有創造自己的自由。

「人是被詛咒為自由。」→P.198

自由並不是樂觀的意義，而是包含責任。即使未來結果不符合預期，還是必須負責接受。

「人不可能到達他人。」→P.207

他人與自己永遠處於支配或受支配的爭奪關係。無論到什麼地方，都不可能變成別人，只能活出自己的自由。

「豪豬的困境。」※→P.212

這句話，原出自叔本華寫下與人交往時的想法，意指人們與他人終究無法真正理解。心理學家佛洛伊德，則以更淺顯易懂的方式解說。

「他有化。」**→P.213**

當他人把目光朝向我，就是我被他人視作物件來解讀。

「為他存有。」**→P.214**

意指被他有化的自己。被他人眼光注視下的自己，將成為自己的一部分，受到他人主觀的羈絆，進退兩難的困境。

「人除了自我塑造之外，什麼也不是。」**→P.218**

把他人的自由，純粹視為他人的自由而守護。不是為了求自己的安定，而利用他人或是強制他人，只是單純守護自己。也就是，不透過他人，確實地活出自我。

直視死亡的強硬派教授

馬丁・海德格

1889年～1976年

德國哲學家。可能因為早年罹患心臟病的緣故，對於「死亡」，思考得比一般人更深刻。研究神學、現象學之際，在哲學領域發展出存在論。著作中使用大量、獨特的專門用語，使得他的理論艱澀難解。後來，參與納粹組織成為黨員。

代表作

《存在與時間》、《形而上學導論》等。

書中現代世界的身分

京都大學教授。一百七十八公分、七十二公斤。帶著不為小事動搖的沉著冷靜，以及對人生的真誠而從事教鞭。

◎哲學家名言

「此在。」**→P.233**

就是此時、此刻存在這裡的意思。能夠深刻思考存在概念，是人類才具備的特質。

「此在，就是向死而生。」→P.236

自己的存在是什麼東西？自己的人生究竟是什麼？人必須因為死亡，直到死前那一刻才能瞭解，透過死亡而完成。

「常人。」→P.236

意指，並非特定的某個人。

「走向常人化。」→P.240

採取一個容易被取代的生存方式。猶如消耗掉每一天的生存方式。

「任何人似乎都可以被取代，但其實是無可取代。」→P.244

任何人都有可能被替換，但是也有可能無法替換。發生在自己身上的死亡，無法找人來代替。

「本真。」→P.256

人生有兩種生存方式。一種是非本真，也就是做為一個常人而活下去。另一種是本真，完全發揮自己的可能性，以及人生剩餘的時間。

「先行的決斷。」→P.256

接受遲早會死的事實，徹底領悟而面對生存而活在現在。

「原初的時間。」→P.261

能夠覺察人生剩餘時間的有限性而活著的時間。

「瞭解自己的時間有限，正向面對死亡，就能把自身拋向未來。」→P.261

正因為不瞭解什麼才是正確、應該選擇什麼，更應該再次確認自己的人生面對著死亡。對自己而言，什麼是真實，什麼不是真實

「人們恐懼一切，宛如會死；追求所有，宛如不朽。」※→P.263

出自古希臘哲學家塞內卡的名言。人生只有一次，全力以赴去實踐自己認為重要的事情，死亡也能讓生存發出耀眼的光芒。

主張愛的羈絆的醫師

卡爾・雅士培

1883年～1969年

德國哲學家。原本是精神科醫師。

代表作

《哲學入門》、《精神病理學總論》、《歷史的起源與目標》等。

書中現代世界的身分

是醫師也是尼采的朋友。一百七十五公分、六十五公斤。待人接物性格平穩，總是面帶著笑容。

◎哲學家名言

「哲學。」**→P.274**

缺乏所有的人公認的真理及答案。哲學的價值，正是存在於沒有標準答案而進行思考的過程當中。進行哲學思考的契機是驚奇、懷疑、喪失。

「驚奇是求知的開始。」※→P.277

出自蘇格拉底的弟子柏拉圖的名言。

「thaumazein。」→P.277

思考的契機，意指，出自意想不到的驚奇。

「哲學，源於承認自身的脆弱與無力。」※→P.279

斯多噶學派的哲學家愛比克泰德的名言。當人們置身於無能為力的困苦狀況，將因此開始思考自身的問題。

「一個人就成了無。」→P.280

有時，人的挫折有如橫阻在面前一道無法跨越的牆。無法憑藉自身的力量扭轉，稱為界限處境。人類單純地活著，也處在競爭及原罪當中。想要生活在更舒適的環境，就意謂著會招致踢開他人的狀況。

「愛，是這個世界無聲的建設。」→P.287

在療癒彼此孤獨的同時，一點一滴成長的才叫做愛。

「兩人以上，才有真理可言。」→P.288

人們有時會覺得與人交往很麻煩，或者抗拒與人往來。但是，與他人之間的交流，才能出現真理。

「哲學。」→P.290

對於原本就明白的事情，能夠重新理解、幡然醒悟，這就是哲學。

「人類最強烈的欲望，就是克服孤立，從孤獨的牢獄中脫身的欲求。」※→P.288

出自哲學家佛洛姆的著作《愛的藝術》。主張為了克服孤獨的欲求，還是需要實存交流。

「愛的奮鬥。」→P.285

活著，就是相互競爭而活下去。但是即使如此，也不要緊緊窩在自己的殼裡，有必要敞開心胸與他人相互接觸、理解。

◎標注※的文句，並非該本書出場的哲學家的思想，而是各哲學家引用的專有名詞。

HEART
心|視野 心視野系列 028

當失戀的我，遇上尼采

ニーチェが京都にやってきて17歳の私に哲学のこと教えてくれた

作　　者　原田 MARIRU（Mariru Harada）
譯　　者　卓惠娟
總 編 輯　何玉美
主　　編　陳秀娟
封面設計　蕭旭芳
內文版型　許貴華

出版發行　采實文化事業股份有限公司
行銷企劃　陳佩宜・黃于庭・馮羿勳
業務發行　張世明・林踏欣・林坤蓉・王貞玉・張惠屏
會計行政　王雅蕙・李韶婉
法律顧問　第一國際法律事務所　余淑杏律師
電子信箱　acme@acmebook.com.tw
采實官網　www.acmebook.com.tw
采實臉書　www.facebook.com/acmebook01

I S B N　978-957-8950-21-4
定　　價　360 元
初版一刷　2018 年 5 月
劃撥帳號　50148859
劃撥戶名　采實文化事業股份有限公司
　　　　　104台北市中山區南京東路二段95號9樓
　　　　　電話：(02)2511-9798
　　　　　傳真：(02)2571-3298

國家圖書館出版品預行編目(CIP)資料

當失戀的我，遇上尼采 / 原田MARIRU作；卓惠娟譯. -- 初版.
-- 臺北市：采實文化, 2018.05
面；　公分. --（心視野系列；28）
譯自：ニーチェが京都にやってきて17歳の私に哲学のこと教えてくれた

ISBN 978-957-8950-21-4(平裝)

861.57　　107002368

采實出版集團
ACME PUBLISHING GROUP